永遠的外出

關於那些離開的摯愛之人
與失去以後的生活

永遠のおでかけ

益田米莉（益田ミリ）——著　韓宛庭——譯

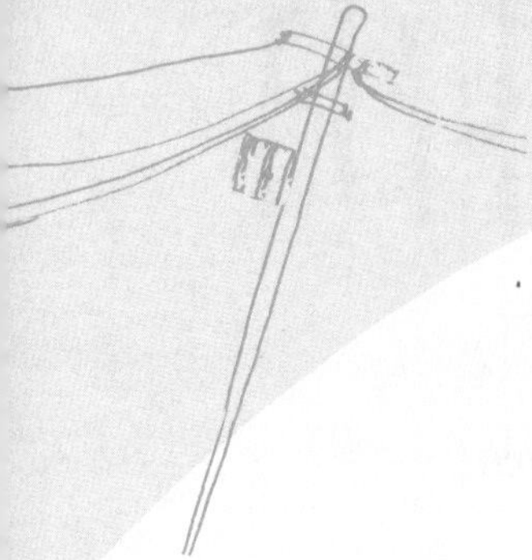

目錄

CONTENTS

1 — 我的叔叔 …… 005
2 — 計程車內 …… 013
3 — 福利社賣的餅乾 …… 023
4 — 渴求之物 …… 033
5 — 去買關東煮 …… 041
6 — 娃娃屋 …… 049
7 — 父親說 …… 059
8 — 緣廊的回憶 …… 067
9 — 父親的畢業旅行 …… 075
10 — 美麗的夕陽 …… 085

11 — 空出的冰箱 …… 099
12 — 鯨魚之歌 …… 109
13 — 家常菜 …… 121
14 — 最後的禮物 …… 131
15 — 聊聊同學 …… 139
16 — 一人旅行 …… 147
17 — 櫻花盛開時 …… 157
18 — 如果我有小孩 …… 165
19 — 活過的證明 …… 173
20 — 萬聖夜 …… 181

1／我的叔叔

叔叔走了。

臨終前，我去探望他。聽說他住進安寧病房，我心想這可能是最後一面，便搭上新幹線匆匆前往。

見到了叔叔，我一定會忍不住落淚。

多年不見的姪女一進病房就掉眼淚，不知叔叔心裡會怎麼想。

從某年起，我就不再參加過年的親戚聚會了。整個人欲振乏力，連一張賀年卡都沒寫。最後一次見到叔叔，是什麼時候？

我去看他，他會感到高興嗎？

僅剩不多的寶貴時間用來見我真的好嗎？我沒有心情翻開書頁，從東京回家鄉大阪的一路上，始終凝視車窗外。

叔叔不在病房，他坐在輪椅上，待在窗明几淨的共用會客室等我。見他削瘦不少，我哭了。住進安寧病房，表示叔叔已明白一切。我也乘此之便，任由淚水決堤。

我猶豫著該如何開口……

「小叔，我來看你了。」

最後說了這句話。

現場剛好有其他親戚來訪，我們一起喝茶敘舊。開朗的叔叔人緣極佳，言談間不時迸出笑聲。

我不小心得意忘形，脫口而出：

「很快就有東京奧運[1]可以看了。」

叔叔說，他早就對奧運沒興趣了。

我突然厭惡起自己。因為，叔叔已經無法看到奧運了。

回東京後兩個星期，我接到叔叔去世的消息。

叔叔靜靜躺在棺木中。

我伸手輕觸額頭。好冷。這是我第一次觸摸叔叔的額頭。為什麼是額頭，不是臉頰？因為我認為摸臉頰有失莊重。

叔叔夫妻倆膝下無子。我的妹妹在成年以後，仍時常去他們家串門

---

1 二〇二〇東京奧運因新冠肺炎疫情延至二〇二一年舉行。此篇散文約寫於二〇一六年。

子，在父親節和母親節送花。我身為姐姐，從小不懂得撒嬌。在眾多姪甥之中，我和叔叔共有的回憶，恐怕是最少的。

在守靈夜和喪禮上，我認為自己沒有資格談論叔叔，所以一句話也沒說。我認為自己應當連哭泣的資格都沒有，眼淚卻滴滴答答掉個不停。其他人也嚇到了吧。**儘管我很笨拙，仍然用自己的方式深深愛著溫柔的叔叔。**

還記得我四、五歲時，叔叔曾來家中坐客。當時他是獨自前來，所以應該還沒結婚。

媽媽交代我一個重要任務：端茶給叔叔喝。我小心翼翼、躡手躡腳，好不容易從廚房端來麥茶。

訪客專用的杯子是細口玻璃杯，常喝的麥茶頓時看起來變得無比可口。我突然嘴饞，躲在斗櫃後方偷喝了一口。然後裝作沒事般地，把茶端到叔叔面前。

「你躲在那裡偷喝了一口，對不對？」

叔叔說。我嚇了一跳，原來牆上掛的鏡子照到我了。我丟臉到無地自容，叔叔卻開懷大笑。

接下來的回憶，就要跳到我長大成人以後了。二十歲出頭時，父親必須住院幾天，叔叔來探病。回程時，我和他一道走去車站。

「要不要喝杯茶再走？」

叔叔提議，並走進車站前的咖啡廳。我們不約而同點了蛋糕。我用叉子拆下圍在蛋糕外層的玻璃紙，叔叔見了說：

「原來要這樣拆啊，我都不知道。」

叔叔佩服我拆玻璃紙的技術。

我不記得當時聊了什麼，只記得我們面對面，一起吃了蛋糕。座位靠窗。叔叔是否始終惦記著這件事呢？

接著，忘了是哪年過年。

以前每逢元旦，親戚們會聚集在大叔家。併起三張桌子，大夥兒熱熱鬧鬧過新年。

我會拿到壓歲錢，吃到豐盛的年菜。連同我的父母在內，家族中盡是不喝酒的人。

叔叔在兄弟中排行最小，印象中，他曾在吃團圓飯時不經意地提到：

「我們沒生小孩，夫妻間可以毫無顧忌地聊天，很愉快啊。」

在此之前，我以為自己是家中最重要的「小孩」。以為父親與母親的幸福，建立在我和妹妹之上。

然而，叔叔阿姨卻笑著說，沒生孩子的夫妻能無話不談。

我聽了很訝異，同時也感到如釋重負。叔叔生前過得充實而富足。人的幸福有許多種模樣。

沒有酒的團圓飯一下子就吃完了。我吃著飯後甜點，和大人一起玩撲克牌、打打電動、消磨時光。

我在叔叔的棺木中留下了一封信，上面寫著「謝謝你對我這麼好」。不知哪位親戚剪下我在報紙上連載的散文，一併放入棺木中。直到那一刻我才知道，叔叔有在讀我的專欄。

早知如此，我就多寫一點關於叔叔的回憶了。例如那晚，我們一起吃了蛋糕，還有，我最喜歡叔叔了。這件事只有我能做，而我卻後知後覺。明知懊悔也沒有用，我還是後悔不已。

2 計程車內

「門要關囉——」

計程車司機的聲音爽朗有朝氣。他幾歲呢?大概六十多歲、七十出頭嗎?潔白的手套感覺很舒服。

我平時幾乎不在計程車內說話,那天晚上卻在後座喃喃自語。

「好累……真是夠了。」

我稍早見了一個說話惹人厭的朋友。我們很久沒見了，想不到她變成這種人。不，也許只是之前沒表現出來，這次終於逮到機會給我下馬威。她總是話中有話，我無法理解她想表達什麼，最後不歡而散。搞了半天，原來只是想挖苦我。

事後想想，明明有很多方式可以化解尷尬。譬如現在，我就想到很多機靈的方式扳回一城。但在聊天當下，我只能勉強發出「呃——」、「嗯——」的聲音，完全招架不住。每次都這樣。反駁的話語總是慢了一小時，姍姍來遲。

搭計程車前，我走進一間家庭餐廳稍事休息。

散會之後，我勉強趕在末班車發車前走進車站，卻因為還在氣頭上，不想直接回家。總覺得烏煙瘴氣的心情會弄髒玄關，我索性繞回車站前的Denny's家庭餐廳。

「歡迎光臨Denny's！」

一方面也想聽聽精神抖擻的招呼聲，轉換心情。

平日午夜十二點的家庭餐廳裡，既不擁擠，也不冷清，客人三三兩兩。裡頭有看似下班後獨自來用餐的女子，還有一人占據雙人座位獨飲啤酒的西裝男人。包含我在內，總覺得大家都是同路中人，有種親切感。

我一邊啜飲熱茶，一邊思忖。

世界繞著話術旋轉。

口才好的人主宰了世界。

總是如此。就連電影心得，也是說話頭頭是道的人說了算數。

這些人多半擅長引經據典，巧妙加入許多別人的想法，鋪天蓋地似地要說服你。

說得真好啊……

當你還在佩服時，他們已經開始聊下一個熱門話題了。

有時也會引用別人的想法引用過了頭，令人質疑：

「你自己的想法呢？」

也許對這些人來說，個人的想法不重要，氣勢能壓制全場才是重點。

夜闌人靜的家庭餐廳。

我想趁機讀讀剛買的小說，卻焦慮到一個字也讀不下去。

早知道就先別買小說，如果挑本書名符合當下心境的成長勵志書，多好。或是那種教我如何據理力爭的書，應該也不錯？

每次向朋友提到我習慣在旅行和工作搭新幹線之前，買本自我成長類的書來讀。朋友的反應多半很訝異：

「什麼，你會看那種書啊？」

是的，你沒聽錯，我會看。我也想要一顆強韌的心，想要無堅不摧地活在世界上。只是，儘管已讀過好多本，我照樣會受傷，所以才在深夜裡跑來家庭餐廳取暖。

每次讀成長勵志書，我都會把重點牢記在心。

「原來如此，下次來效法一下！」

但是一闔上書，就統統忘光了。同類型的書，家中書櫃不需要存放太多本，所以，我通常下車就把書扔進回收箱。不會想重讀第二次，如同微風拂過，不留下一絲痕跡……

「不過，益田小姐，你知道勵志書有潛移默化的效果嗎？」

一次閒聊時，朋友這麼告訴我。

「潛移默化？」

「感覺像是遺忘了，但隨著閱讀量的累積，人會自然而然照著書中說的去做哦。所以書店裡才需要這麼多成長勵志書啊。」

嗯嗯嗯。倘若如此，有朝一日，我也會成為話術大師嗎？

我一方面嚮往，一方面又不太嚮往。來鬧的嗎！我在心中吐槽自己，離開家庭餐廳。

計程車司機恐怕早已對身心俱疲的客人見怪不怪。

「城市裡各色各樣的人都有嘛。」

司機輕輕接住了我的情緒。

「那傢伙看我脾氣好，卯起來對我指指點點耶！」

之所以敢厚著臉皮誇自己「脾氣好」，也是因為知道我和司機不會再見面。

從Denny's搭計程車回家，通常只跳一次錶。那天因為深夜道路施工，稍微拖久了。

「沒有人可以發自內心開開心心地工作，對吧？」

沒錯、沒錯，你說得一點也沒錯。司機貼心地順著我的話接。

「小姐是東京人嗎？」

我回答：「不，我來自其他縣市。」

「會不會想回家鄉呢？」

司機問。

「不想，我喜歡東京。」

我立刻回答。

「哦，真是了不起，」司機佩服地說，接著笑了笑，「那就不必擔心了。」

正因為料到他會這麼說，我才會說「不想，我喜歡東京」。

我想在一天結束之前，聽見有人告訴我「不必擔心」。
這是某個夜晚的小插曲。

我想在一天結束之前，
聽見有人告訴我「不必擔心」。

3 福利社賣的餅乾

叔叔去世還不滿一年，緊接著換父親身體出狀況。病情急轉直下。母親通知我，救護車載走了父親，我整頓了手邊的工作，兩天後從東京奔往醫院探病。父親面色蒼白，形容枯槁。他本來就瘦，這下子變得更瘦弱了。我想到了竹掃把。

幸好，父親意識清醒，儘管速度比較慢，但能自己下床走路。比我想像的有精神，但也只是和腦中閃過的病危畫面相較的結果。

父親住四人病房靠走廊的床位。母親和他並肩坐在床上，我在一旁的圓凳坐下。滿心焦急地趕來醫院，面對父親又突然感到彆扭，我索性裝成暑期偶然晃回家鄉的女兒。

「這裡的伙食好吃嗎？」

我開朗地問。

「只有稀飯。」

父親說。聽說他偷偷在稀飯上撒香鬆粉吃。

他變虛弱了，音量也變小了。本來的他，是個聲音宏亮到刺耳的人。

父親有氣無力地說：

「我想吃餅乾，但想到要走去商店買又覺得麻煩，最後沒去成。」

這是在兜圈子請我替他買餅乾。

「我去買啊。」

我二話不說，抓起錢包站起來，搭電梯去一樓。

我很榮幸能替病人跑腿買想吃的食物。很高興在他們的生命中有所貢獻。

狹小的福利社店鋪內，備齊了一切住院病患和探病人士所需的物資。

父親現在想吃的東西，應該是森永的「CHOICE奶油餅乾」或是「MOONLIGHT雞蛋餅乾」。總覺得選古早味的比較好。稍稍猶豫之後，我買了「CHOICE奶油餅乾」。

這盒餅乾該不會成為我送父親最後的禮物吧？

我強忍淚水，回到病房。

「這個就好嗎？」

父親接過餅乾，露出當日最開心的笑容。茶也沒喝一口，吃下三片餅乾便心滿意足地乖乖躺下。

父親做人容易吃虧。

急躁、易怒。常與人起衝突，會直接大喊「我不幹了！」、「隨你們去！」，因而吃了不少虧。

被反駁會生氣。遇到說話繁瑣的人會生氣。只要事情未按照己意發展就會生氣。

回憶裡父親總是在生氣。因為這樣，我們之間曾發生多次衝突。記得一次大吵後，我心想「這輩子再也不想見到你了！」，氣呼呼地返回東京。

「以後別想我去參加她的婚禮！」

我聽母親轉述才得知，父親曾撂下這番狠話。明明連對象都沒有，父親就想到了我的婚禮。可見他很期待看我出嫁吧。結果，我們約莫花了兩年的時間慢慢和解，而父親急躁的性子依舊如昔。

個性這麼衝，真虧他能安穩工作到退休啊。我曾這麼想，但這應該也和他的工作性質有關。父親在鋼鐵公司擔任工地監工。一個工程結束後，馬上得出發到日本各地的下一個工地，比較不用擔心人際關係鬧僵。缺點是，總是隻身外派他鄉。父親不擅長照顧自己的健康，在邁入六十歲前大病了一場。

父親也是個憨厚老實之人，受人仰賴就很開心，從不覺得被占了便宜。也許在他的人生當中，曾默默扛下不少爛攤子。一定有的。但因本人開心承攬大任，壓根沒發現吧。笨拙的父親不懂隱藏心情，只在開心的時候笑，勤快又努力，認真踏實。做人從不吝嗇是父親的美德。

父親的主治醫師請我們過去。年輕的男醫師拿出筆電，對並肩坐著聆聽的我和母親說明病情。坦白說，我根本看不懂螢幕上顯示的數值。但是站在醫師立場，有義務向我們說明清楚。

聽說癌症分為一、二、三、四期，父親在「第四期」，也就是末期。醫師找我們過來，是想請家屬討論是否需要告知病患本人。

我已從母親的電話中得知父親罹癌，但末期的消息，連母親也是初次耳聞。

「該怎麼答覆醫生呢……」

我注視著母親的臉孔回答醫師：

「我們家還有一個妹妹，如果可以，想三人先討論看看再做決定。」

醫師表示沒問題。

「也想請教醫師您的意見，您建議怎麼做呢？」

我姑且一問。醫師認為應該據實以告，這似乎是從他對父親的印象判斷的。僅僅住院三天，就能看出父親的性格嗎？我雖感到質疑，不過，想必醫師也是從過去的經驗來判斷吧。他說，這樣才能請病人盡情去做生前想做的事，走得無牽無掛。除此之外，也有一些本來不願接受治療的病患，在得知實情後心態出現轉變……諸如此類。

開刀風險太高。如果病患希望，也能進行化療。問題是，父親年事已高，身體可能負荷不來。

父親即將不久人世。

無論對本人還是對我們來說，這場別離都是初次體驗。

得知實情後，父親打算怎麼做呢？現階段他已嚷著要回家。倘若不打算接受化療，那就沒必要繼續住在這家醫院，勢必得出院或轉院。我認為，既然父親想回家，就讓他回家吧。但可以想見，接下來的日子，父親將會一天比一天衰弱。

還有一件事得確認清楚，也許該由家屬主動開口？我掙扎了一下，決心問清楚：

「請問……父親還能活多久呢？」

醫師評估「半年左右」。

「咦！比我想的還久。」

回答時，我刻意笑了笑。醫師和母親也跟著笑了，稍稍緩解了緊張的氣氛。

比我想的還久。這是真心話。因為父親明顯體力直落，並不樂觀。明明兩個月前見面時，還見他開心地種菜、打樂齡高爾夫。

我們先回了家一趟，我、母親、妹妹三人一起商量決定。

晚上，我們坐妹妹的車前往家庭餐廳，因為覺得在外面討論比在家中輕鬆。很不湊巧，家庭餐廳客滿，只好改去車站前的百貨公司，走進美食街的日式甜品屋。

來都來了，母親索性點了餡蜜，我則點了抹茶蕨餅之類的日式糕點。只有還不知道即將聽到什麼消息的妹妹點了咖啡。

因為種種考量，我們要告訴爸爸嗎？

由我負責向妹妹解釋和主治醫師間的對話。我們三人一起靜靜坐在店裡，甜點是我和母親的強心針。

討論後，我們決定不隱瞞父親。我們一致認為，如果換成自己生病，一定想知道真相。當然，由醫師告知病情。

「就這麼做吧。」

我們在甜品屋前分道揚鑣，我直接搭車回東京。

在末班新幹線上，我配著 chip star 洋芋片喝著啤酒，想像父親聽到自己是癌症末期，會有什麼反應。

我真的不知道。直到新幹線駛過靜岡，眼淚才不爭氣地潰堤。

4 渴求之物

超市裡傳來孩子的哭鬧聲。

似乎是在吵著買零食，不停哭喊「買給我、買給我」，賴在地上不走。

他用全身在哭泣。我提著購物籃停下腳步，眼神無法離開男孩。

對那孩子來說，這間超市裡——不，這個世界上有他不惜哭鬧喊叫也想得到的物品。產生這種想法之後，總覺得他看起來閃閃發光。

我拎著超市塑膠袋，沐浴著夕陽踏上歸途。

真的沒有呢。我思忖。現在的我，沒有急切渴望得到的物品。當然，考慮到現實層面，我必須為老後儲蓄。但若問我此刻想要什麼，我還真回答不出來，更不可能為了喜歡的鞋子包包這麼拚命。

如果可以隨心所欲許願，我想要片刻的青春年華。比方說，和二十多歲的男編輯開會時可以變年輕。每次和年輕小夥子面對面喝咖啡，我都真心感到抱歉。哪怕是工作，也是跟同年齡層的年輕女作家開會比較愉快吧。之所以如此肯定，是因為我自己年輕時就是這麼想。

「如果可以時光倒流，你想回到幾歲呢？」

和同齡的朋友聊起年紀的話題時……

「三十八歲左右吧。」

我通常最想回到這個年紀。就二十幾歲的人看來，也許會認為「再年輕一點不是比較好嗎？」，但是，三十八歲乍看就像三十出頭。若是看仔細一點，頂多猜是三十三、三十四歲。對我來說，完全是年輕小姐呀。既年輕，又正好是察覺自己有所成長、開始變強大的年紀。

來到這個階段，會開始不在意別人的眼光，不再堅持要當個「好人」。年輕時常嚮往成為某種「好人」，結果給自己設下了過高的門檻。汲汲營營朝理想邁進，直到過了三十五歲才驚覺「好像太逞強了」，決定放下武裝。

覺得人與人之間總有一天能相互理解——這樣的想法只存在於幻想裡。如果你欣賞某種人，就意味你厭惡某種人。厭惡一個人，表示你心中珍視的某種價值抗拒沉淪，一旦這麼想就能豁然開朗，不那麼鑽牛角尖了。

成為一個既不亮眼也不惹人嫌的「普通人」，也約莫是在這個時期吧。不再堅信非黑即白，覺得君子之交淡如水的關係也不賴。道理明明很簡單，我卻花了整整三十八年才懂。

況且，三十八歲還有機會看到哈雷彗星。

日前，我和兩位年輕的工作夥伴共進晚餐時，聊著聊著就聊到哈雷彗星。

哈雷彗星每隔七十六年接近地球。現在是二〇一六年，哈雷彗星將在四十五年後的二〇六一年接近地球。如果我現在才三十八歲，屆時就是八十三歲，有機會看到哈雷彗星。

但我實際的年齡是四十七歲。

我說：「現在這群人裡，只有我看不到下一次的哈雷彗星。因為那時候我已經九十二歲了。」

眼前二十四歲和三十二歲的小夥子沒有附和「也是哦」，也沒有否認「才沒那回事」，只是苦笑連連。二十四歲加上四十五年，也才六十九歲。明明可以就此打住，我卻忍不住多說：

「既然這樣，等二〇六一年哈雷彗星經過時，請想起今天晚上的事，想起我曾活在這個世界上。」

他們回答：「明白了。當天晚上不管我們人在哪裡，都會打電話給彼此，聊益田小姐的話題。」

可想而知，那一天來臨時，我已不在世界上。

我想像著在四十五年後的世界聊著哈雷彗星的兩人，寂寞和空虛不禁充塞心中。

十來歲的時候，我曾想過。

如果能讓我和暗戀的人在一起，要我折去五年壽命也沒問題。但我隨即打消這個念頭，覺得不值。

仗著自己人生還很漫長，覺得五年沒什麼。這樣的想法，連從前的我也不敢有。總覺得不是能隨便拿來開玩笑的事情。

我好想看哈雷彗星！好想看、好想看！

回程路上，我的心情就像賴在地上耍賴的小孩。

不再堅信非黑即白，
覺得君子之交淡如水的關係
也不賴。

5 / 去買關東煮

父親的精神好多了。

出院後一回到家，父親的聲音恢復了生氣，腰桿也挺直了。

主治醫師通知癌末的隔天，父親馬上辦理出院。他不想繼續接受檢查和治療，也不打算進行化療，堅持明天就要出院。聽說態度非常堅決，沒有商量的餘地。

母親原先希望再住個四、五天，養足體力再說。聽到父親說「我想回家，沒有地方比得上自己家」，便急匆匆地辦理出院。

不過以結果來看，這是正確決定。醫師告誡父親糖尿病的藥不可再偷懶，回家以後也要按時服用，請父親遵守約定。父親乖乖服藥，加上回家後安心許多，食慾也變好了。看來，人只要肯好好吃東西，就會恢復力氣。

不過，出院才過兩天，父親就鬧起彆扭。

「反正我都快死了，不需要吃東西。」

這是事後聽母親說的。

離鄉背井以後，很多家鄉發生的大小事我都不知情。感覺他們刻意不告訴我、怕我擔心。多虧於此，我直到父親臨終前都能如常工作、添補秋裝、買新鞋、閒適地坐在咖啡廳吃蛋糕看書。

相對地，每當我在超市瞥見父親愛吃的東西，都會突然鼻酸。

例如上次在超市看見「麨粉」，我馬上放進籃子裡結帳，想送給父親。那是我常去的超市、常經過的架位，我卻直到父親生病才首次注意到那裡放著麨粉。這種時刻也催人感傷。

麨粉是用炒過的大麥磨成的粉，外觀呈咖啡色粉末狀。父親喜歡將它倒進碗公，和著砂糖與熱水吃。兒時的我見父親總是吃得津津有味，忍不住有樣學樣地吃了一口，從此以後不曾再碰。

父親雖然恢復了精神，但恐怕再也無法重拾喜愛的樂齡高爾夫，也無法種菜當作消遣了。熱愛閱讀的他，也因為容易疲累，無法再看書了。

父親出院後，興趣只剩「吃」。因此，注意力多半放在「下一餐要吃什麼」。

早上母親會問：

「爸爸，你中午想吃什麼呢？」
父親會回答：
「這個嘛，我想吃糖醋排骨。」
中午母親會問：
「爸爸，你晚餐想吃什麼呢？」
父親會回答：
「這個嘛，我想吃蛋包飯。」
晚上母親會問：
「爸爸，你明天早餐想吃什麼呢？」
父親會回答：
「這個嘛，久久吃一次生蛋拌飯吧。」
母親善用超市熟食區，一一滿足父親的心願。

一次晚餐後，父親提到「明天早上想吃關東煮」。我們聊起大夥兒分別愛吃什麼料，父親愛吃豆腐，母親愛吃蒟蒻絲，我愛吃白蘿蔔，這個愉快的話題讓一家人度過一段寧靜的時光。父親睡前宣稱明天一早要去7-ELEVEN買關東煮。

隔天早晨，仍在被窩中酣睡的我，隱約聽見了父母說話。

「我煮了味噌湯，家裡還有菜，我中午再去替你買關東煮。」

我聽見母親的聲音。她擔心父親要是不慎跌倒可能會骨折，想盡量避免他出門。

我懂母親的心情。要是因為骨折住院，恐怕再也離不開病床了。但我也認為，應該趁父親還能走路時讓他出去走走，於是爬出被窩，假裝沒聽見兩人的對話，遺憾地說：

「咦？今天早上不是吃關東煮嗎？我很期待呢……」

然後，我打斷想說「那我去買」的母親，轉身對父親說：

「爸，我們一起去買關東煮吧。」

父親二話不說地起身說「走」。

我們並肩走向 7-ELEVEN。

父親雙腳水腫，步履蹣跚，似乎走得很吃力。我留意著隨時都能攙扶他，同時又要假裝沒發現，若無其事地走在旁邊。

父親說：

「不久前，我還能四處跑來跑去的啊。」

「是啊。」

「我為什麼會得這個病呢？」

我回答不出來，但我知道父親只是想要抒發而已。

抵達 7-ELEVEN 後，我們直直走向關東煮區，探頭往鍋裡瞧。父親好奇地指著沙丁魚丸問：「這是什麼？」店內備好的關東煮料，比我們原先預期的多，父親看起來難掩興奮。

我們請店員夾了五種關東煮料，前往櫃檯結帳。父親爽快從口袋拿出布製零錢包付帳。這或許是父親買給我的最後的禮物了。

我喜歡看父親付錢的身影。他為人從不小氣，對收銀的店員總是彬彬有禮。

買完關東煮後，我們父女在便利商店的熟食區閒逛。盯著食物的父親，如此生氣蓬勃。

這個人說不定會長命百歲？

提著關東煮走回家時，我心中不禁產生了這個想法。

6 娃娃屋

我在街上看見了娃娃屋。

那是一幢紅色屋頂的二層樓小洋房，裡面有廚房、客廳、浴室和臥室。每個房間都貼著精緻的壁紙，放著舒適漂亮的家具，還有小貓小狗。幾尊人偶住在屋子裡。

好想要。可惜它是非賣品，只用來展示。店員告訴我那是北歐製品。

回家以後，我立刻上網搜尋了「北歐娃娃屋」。

螢幕上跳出琳瑯滿目的同類商品，可惜全顯示「已售完」。古董娃娃屋似乎是稀有物品。

既然買不到，何不自己動手做？

我也這麼想過，但可以想見，自己做只會不斷妥協，什麼都覺得「差不多就好」，最後完成一幢格局慘不忍睹的家。再說，我完全不認為自己有能力搭建樓梯。隔了幾天，興頭也消退了。不過，每當我想起那幢娃娃屋，還是心嚮往之。

說到樓梯，我想起父親曾利用假日，親手替家中養的天竺鼠蓋了小屋。那是一幢有樓梯的雙層小屋，完成度很高。二樓有一半是露台，天竺鼠在二樓的可愛模樣一覽無遺，每每朋友來家裡玩都羨慕不已。

天竺鼠想去哪就去哪，有時一整天待在一樓，有時住在二樓。每當父親看見天竺鼠窩在二樓，都喜不自勝。

「快來看，牠在二樓。」

他甚至會叫我和妹妹過去看。

替小屋加裝樓梯時，沒耐心的父親曾因一度不順利，氣急敗壞地把木板砸向牆壁。在旁邊當小助手的我無奈地想「唉，又來了……」，並用孩子能做到的方式安撫父親、鼓勵父親，當他大工告成時，我也累壞了。

儘管嚴格說來不算娃娃屋，但除了天竺鼠小屋，兒時的我還擁有自己的「麗佳公主[2]娃娃屋」。

現在還找得到嗎？我好奇地上網搜尋了一下，螢幕中跳出商品，名稱叫「麗佳公主的夢幻娃娃屋／附電梯的憧憬洋房」。

2 日本玩具商多美公司（TOMY Company, Ltd.）推出的換裝娃娃。

那是一幢符合商品名稱的豪華雙層洋房，麗佳公主位在二樓的房間，比全家人一起使用的客廳還寬廣。

我的「麗佳公主娃娃屋」只有一個房間。還記得每次玩完家家酒、蓋上娃娃屋盒蓋的那一瞬間，都隱隱約約覺得鬆了一口氣。

這是謊言的國度。

為了提醒自己回到現實，「麗佳公主娃娃屋」一定要有盒蓋才行。想像力創造的世界總是如此美妙。沒有悲傷事物，沒有險惡人心。闔上的漆黑箱子裡，彷彿傳來麗佳公主一家和樂融融的歡笑聲。

說到小屋，我也喜歡鳥屋。每次看見店家販售鳥屋，我都好想要，差點就要買下。我想把它擺在工作室的書桌角落，想到時就發呆眺望一下。

我也喜歡那種掛在門口的木製牛奶箱，看到會產生一種獨特的情懷，可惜現在已經很少見了。五彩繽紛的牛奶瓶，住在可愛的小木屋裡。孩提時代上下學時看見牛奶箱，我總會幻想有妖精悄悄住在裡面。

買不到娃娃屋、內心懊惱的我，忽然靈機一動，把歪腦筋動到了書櫃上：把工作室的書櫃清出一個區塊當作「房間」，在上頭布置迷你家具，應該不錯？

我想起老街區有家歐洲古董玩具店。搭電車去一探究竟，架上果真展示了琳瑯滿目的袖珍木製廚房、碗櫥、烤箱、餐桌等小家具。我連同適合當壁紙的美麗包裝紙一次大量買回家，動手改造我的書櫃，從此以後，每天想到的時候就望著那裡發呆。

去滋賀縣的長濱旅遊時，我參觀了海洋堂的博物館。海洋堂是專門製作格力高[3]食玩和轉蛋模型的知名廠商。

3 Glico，日本食品公司，舊稱固力果。

館內展示著數以千計的模型，對我來說，其中最耀眼的，莫過於裝在小玻璃箱裡的立體透視模型。

在名為「和人類生活的動物」的小小玻璃箱中，擺放著狗、貓、雞、鯉魚、兔子、燕子等動物的精巧模型，每個都只有數公分大，悠哉地居住其中。貓在老屋緣廊蜷縮午睡，沒繫牽繩的狗兒們在庭院嬉戲，院子後側還細緻地畫上了田園、山林風景畫。

另一個叫「初夏大雪山」的玻璃箱裡，可見蝦夷野兔、蝦夷縞栗鼠等珍稀動物從岩石間探出頭。每一尊模型看起來都十足愜意。

同時，玻璃箱也把觀賞者澈底屏除在外。無論是誰，都無法觸及箱中國度。

箱子外頭危機四伏，存在著「死亡」。孩提時代覺得遙不可及的那樣東西，已經理所當然地迫近我身邊。

叔叔走了之後，我在目睹被褥中遺體的一瞬間，心裡竟閃過一絲「好可怕」的念頭。不過，當遺體被整理乾淨、入殮之後，氣氛也隨之一變。感覺遺骸受到天地萬物的守護和祝福，再也不恐怖了。眼前只有寧靜安詳。

在箱中告別的時刻終會到來，任誰都一樣。我會被娃娃屋深深吸引，也許是潛意識裡嚮往著寧靜祥和的世界吧。

還記得每次玩完家家酒、
蓋上娃娃屋盒蓋的那一瞬間，
都隱隱約約覺得鬆了一口氣。
這是謊言的國度。

7 / 父親說

有沒有什麼事情，我想趁父親在世時問個清楚？

思考之後，答案是沒有。該問的事，都陸陸續續問完了。

但也許，父親想好好聊聊自己的往事也說不定。

我決定問問看。

由於父親出院後的主要活動只剩睡覺和吃飯，「說故事」讓我有種彷佛舉辦新活動般的嶄新心情。

於是，等父親用餐完畢，我開口問：

「爸，我想採訪你小時候的故事。」

昭和九年（一九三四年）出生的父親聽了，馬上生氣蓬勃地開啟了話匣子。

像是，當時一個年級只有三個班：男生班、女生班、男女混合班。父親因為家境清寒，沒錢買體育服，上課時感到非常丟臉。還有一次在上學路撿到錢包，送去警察局。錢包的失主是山上的和尚，拚命向他道謝。總是飢腸轆轆的父親見到大哥帶著盛滿白米飯的便當去工作，感到羨慕不已，決心要快點長大去工作賺錢。

記憶如同串珠，一個接著一個浮上來。

「當年還發生過這種事啊。」

感覺真奇妙。

父親彷彿咻地穿越了時光隧道，回到八十年前的孩提時代，把眼前所見的一景一物告訴我。見他不時瞇眼、蹙眉回憶兒時畫面，我鬆了一口氣。原來記憶可以保存得如此久遠。

「有沒有吃過覺得很好吃、印象特別深的零嘴呢？」

我想起自己一直忘了問父親愛吃什麼點心，決定一問。

「零嘴啊，我想想……就算有，可能也早忘了吧？」

說歸說，父親依舊拉開記憶的抽屜。

「當時隔壁鎮住了一位有錢親戚，忘了在什麼機緣下，送了我很特別的零嘴。那是我人生頭一次吃到香蕉乾，記憶中覺得很甜很美味呢。」

父親說得垂涎欲滴，連我都彷彿在口中嘗到了香蕉乾的滋味。

在父親心底，幼年的貧困記憶留下了深刻的印記。任由我再努力把話題帶開，好讓氣氛明亮一點，話題也會自動回到童年的飢餓記憶。關於父親的人生，有太多事物無法一語道盡。恐怕永遠也說不完吧。談起貧窮日子的父親，語氣總是怒氣騰騰。

「爸爸從小住在破屋子裡，所以非常清楚，人起碼要有個安穩的家才像話。」

每當父親藉由發洩歸結出自己的結論，緊繃的表情就會微微軟化。

那一夜，父親說了好多話，多到我來不及抄筆記。總覺得一次無法消化，留待下次來時再繼續問吧。

「好，今天先聊到這邊吧。」

一闔上筆記本，父親便緩緩走回臥室休息了。

看著父親的背影，我突然驚覺一件事。

父親直到晚年才有自己的臥室，如果他能早點擁有自己的房間，該有多好。

在此之前，我從未思考過這件事。為什麼我會現在才想到呢？

我的老家現在仍是公營住宅區裡的房子，但隨著多次重新規劃改建，房間增加了，如今住起來相當舒適。

在我小時候，也就是父親的壯年期，客廳就是他睡覺的地方。家裡只有客廳有電視。父親的工作必須一大清早出門，所以晚上通常很早就寢。我和妹妹想看電視，便趁父親睡覺時小聲地看電視，看到很晚。偶爾父親嫌吵，把我們罵一頓，我們才心不甘情不願地關掉電視。

「為什麼我們家不是有錢人呢？如此一來，就能自由自在地看電視了。」

我曾對此怨天尤人。

如今想想，父親當時應該也有滿腹委屈。他在工地一定遇到很多烏煙瘴氣的事。如果回家能有自己的房間，想睡時可以安靜睡上一覺，至少晚上能好好地喘口氣吧。

父親的房間在他晚年時終於蓋好，裡面也放了書桌，父親經常埋首桌前，書寫社區委員會要用的文件。擁有一級建築師執照的父親，趁著自家社區重新規劃之際，漏夜製作文件資料，四處奔走交涉，在翻新建案的快速推動上功不可沒，但隨時間過去，已逐漸被眾人遺忘。這很正常，連我也忘了。當生活太過理所當然，人很容易忘了自己的幸福建立在誰的貢獻之上。

擺在父親房間的書桌，是妹妹去大賣場買來組裝的。

父親一定想在自己的房間走完最後一程。但可想而知，這麼做會給母親造成不小的負擔。

想替他完成的事；無法替他完成的事。剩下的日子，我和家人必須一個個找出答案，與父親的死亡對峙。我感到微微喘不過氣，彷彿有小小的糖果卡在喉嚨。

8／緣廊的回憶

我聽父親說了孩提時代的故事，回到東京以後，用電腦把內容寫下來。我想慢慢把這些故事集結成冊，印成小本子送給父親，他應該會很高興。總而言之，現階段我決定聽到哪就記錄到哪，把稿子列印出來，用釘書機釘好，寄回老家。不知道父親會用什麼心情讀我寄給他的稿子。

結束第一次訪談後，過了一週，我因為要在大阪的畫廊舉辦個展，很快便再次返鄉。如果父親體力不錯，我想邀他去看展。

我搭晚上的新幹線回到老家，在客廳邊看電視邊吃東西時，父親起床了。穿的不是睡衣，外頭披了件襯衫，還特地穿上長褲。這身打扮，簡直像要去便利商店買香菸。

父親眉開眼笑，才剛來到桌前，就恨不得馬上開始暢談往事。原來他是為了這件事情換衣服。也許他很喜歡我寄給他的稿子？

我匆匆用完餐，取出手帳，專心聽父親話當年。那些趣事我幾乎都是初次耳聞。

我知道父親的父親——也就是我的爺爺，年輕時是大阪天王寺的鰻魚店大廚。可惜爺爺走得早，我以為父親對自己的爸爸印象不深，所以至今不曾開口問他爺爺的事。

原來那些回憶不曾消失。只要開口問，父親都還記得。

聽說當年爺爺一家住在通天閣附近的雙層民宅，二樓房間分租給一對年輕夫妻使用，丈夫身上有刺青。那對小夫妻為人和藹可親，我們一家子都很疼他們呢。父親的語氣滿是懷念。

我問：「屋子是什麼格局？」

父親閉目思考半晌，回答「有露台走廊通往院子那種」。

「露台走廊？是指緣廊嗎？」

「對，我曾和老爸一起站在那兒尿尿，被老媽痛罵一頓哩。」

父親笑了。

聽到這段描述，爺爺的形象終於在我心中活起來。

家中僅留下一張爺爺的照片。我沒見過他本人，所以沒有寂寞的感受。但他確確實實存在過，是真實人物，曾和「我年幼的爸爸」一起在緣廊上惡作劇，挨妻子的罵。

被罵的時候，爺爺是什麼反應？

「被媽媽抓到啦。」

他可能會笑著對兒子說。

爺爺的身影，隨著父親的口述，從過去的世界活了過來，走到孫女面前。如果可以和他說一句話，我想對他說什麼呢？

你的孫女，正在聽你兒子講臨終前的故事哦。

要是這樣說了，爺爺會哭嗎？

隔天，父親說想來看我的個展。

「不能一直躺在房裡，身體會生鏽。」

父親說完，靠自己的力量沖了澡。

我們叫了計程車，一道去畫廊。約莫一小時的車程上，我在父親身邊不停吱吱喳喳。

「你看，這邊我們以前來過。」

「爸，我之前的公司就在這裡哦。你還來接過我呢。」

「啊，那裡有家UNIQLO！」

我盼望他對外界的事物重燃興趣。總覺得如此一來，能稍稍拾回從前。在計程車裡，父親也或多或少說了話。

抵達畫廊後，父親望著我的作品說「好放鬆的畫啊」。那次的展覽是漫畫角色原畫展，作品出自我在《週刊文春》連載的漫畫，父親對作品表達了心情：

「這部漫畫很閑靜、很棒。」

這是我第一次聽父親說出感想。接著，父親在板凳上坐下，靜靜凝視圖畫。久違的外出，似乎讓他感到些微疲累。

我們父女以前常常一起去逛美術館或是畫展。

父親會先確認畫家的名字，看到是認識的名字，才仔細欣賞。他喜歡印象派，但只看雷諾瓦或莫內等大師級的作品；古典樂也專挑最耳熟能詳的曲目來聽。

即使喜歡的範圍這麼小，我認為父親也用自己的方式，愛著、尊敬著藝術。談到藝術知識，我和他一樣是外行人。當我說想讀美術學校時，父親表現得比誰都要高興。

在畫廊待了十五分鐘左右，天空突然下起雨來。我們坐上計程車，沿著原路回家。

途中經過父親愛吃的迴轉壽司店。

「要不要去吃？」

我提議。

「我想回家了。」

父親小聲地說。

9 父親的畢業旅行

日前發生了一起轟動社會的案件，有安養中心的老人被人從陽台推下樓，墜樓身亡。隨後，離職員工遭到逮捕。

有些人看到這則新聞後，想像自己在晚年被人在暗夜拖向陽台，不禁毛骨悚然。至少我是。

演員伊武雅刀先生在八〇年代唱過一首歌，曲名叫〈不要責備孩子〉，裡面有句歌詞是：

「我很慶幸自己不是生為小孩。」

除了唱，他也公開談論過這件事。

換成年輕人，可能是「我很慶幸自己不是生為老人」吧。這句話其實有語病。沒有人一生下來就是老人。只要是人，活久一點都會變成老人。腦袋雖然能夠理解，實際感受卻需要花上一些時間。最近，我開始時不時感嘆「父母當時也很年輕呢」，自己終於親身體會到何謂變老。

母親傳訊息來說，父親幾乎終日沉睡。回到老家一看，父親真的像貓似的，一整天都在睡覺。

他會起來用餐，但吃沒幾口就會疲倦，回房休息。可能和藥有關，可能是病情導致。不管原因是什麼，父親再不設法多坐在椅子上，體力只會越來越差。

即便如此，每當我從東京返家，他都會努力起床。父親的氣色比想像中好，手腳水腫卻日益加劇。

搭新幹線前，我問母親需不需要帶東西回家。

「你爸爸說想吃鰻魚飯。」

於是我買了盒裝鰻魚飯回家，父親只吃了三口就放下筷子。

盒裝鰻魚飯一千七百日圓，父親頂多只吃了三百日圓的分量。我和母親討厭吃鰻魚，父親不吃只能扔掉，但我絲毫不覺得浪費。吃不完也沒關係，我只希望父親多說說自己想吃什麼。哪怕再貴、再難買，我只希望在剩餘的日子裡，他能多吃點好吃的。

和朋友喝酒的時候，偶爾會聊到：「如果明天是世界末日，你最後一餐想吃什麼呢？」這時候大家會意外地認真思考，總覺得不認真回答，願望就無法實現。

我也認真思考了。最後吃到的，應該會是草莓蛋糕吧。我想在正餐之後吃甜點，所以在吃完○○之後，要用草莓蛋糕來總結。問題是，這個○○是什麼呢？

大概是咖哩飯吧？老店鋪的咖哩飯。如果可以自由選，我要吃絞肉咖哩。因為老家都煮絞肉咖哩，現在我仍偏好這一味。

之前老家旁新開了咖哩店，母親興奮地說：

「聽說是德國人開的呢！」

「媽，你吃過了嗎？」

聽說左鄰右舍都很好奇那家店的味道，但因為店員全是德國人，居民難免緊張，不敢進去。

父親聽聞後興味盎然。

「德國咖哩啊，真想吃一次看看是什麼味道。」

隔天中午，我和母親光顧了那家咖哩店，買了幾種口味的咖哩飯和印度烤餅。德國咖哩很美味，吃起來很正統。但父親吃不慣，嘗了嘗味道便舉手投降。

「還是日本咖哩比較好吃。」

他笑了笑，最後吃了母親為他煮的清湯麵。

這不過是一個多月前的事。如今，父親連最愛吃的鰻魚飯，都只吃得下三口。

父親餐後看起來相當睏倦，但我下定決心，要繼續採訪他的童年故事。總覺得多練習說話能鍛鍊喉嚨，有助於吞嚥。

「爸，你有沒有遇過討人厭的老師？」我問。

父親稍作思考，回說「有呢」。他說，有個老師喜歡揍學生當出氣包。大概是回想起不愉快的往事，父親表情一沉，我急忙轉移話題：「那有沒有遇過好老師呢？」他又思考了一下，說「有呢」。中學畢業時，那位老師寫了一幅書法送給他。

「還記得上面寫了什麼嗎？」

「清廉端正地長大吧，年輕的杉木啊。」

父親回答後接著又說：

「我記得真清楚。」

他似乎在自言自語。

父親因為家境清寒，沒錢付中學畢業旅行的費用，是班上唯一沒參加畢業旅行的人。這事我從小聽父親說到大，起初當然很同情，聽久了難免厭煩，覺得：「到底關我什麼事！」因此，每當他提起這個話題，我都不予回應，以免他一說就停不下來。

唯獨今天，我希望他盡量說個痛快。我已做足準備，主動提起了那場畢業旅行。

聽說，當時畢業旅行要繳的費用是六百七十日圓。我不清楚當時的六百七十日圓等於現在的多少，總之，路線是從福井縣當地出發去京都、奈良玩。

「同學去畢業旅行時，你在做什麼呢？」

我嘗試丟出問題。

「我自己一個人，坐在學校的單槓下。」

父親說。

少年孤零零地坐在傍晚的校園裡發呆。別說父親了，這對任何男孩來說都很難受，我光想像就覺得鼻酸。

父親似乎身體不舒服，話變少了。不久前明明還生氣蓬勃地話當年。

「我去躺一下。」

他緩緩走回臥室。

父親的病情每況愈下，彷彿身體裡的小零件慢慢地鬆脫。

三天兩夜的短期返鄉到了尾聲，我要回東京時……

「再來看我吧。要近期之內啊。」

父親在棉被裡笑了。

前往公車站的路上，我又哭了。

回到東京，先去百貨公司的地下美食街繞繞吧。在那裡多買點好吃的東西，還要買高級水果，像是頂級溫室麝香葡萄。我用「今晚要來頓美食大餐」來鼓舞自己，坐上了公車。

10 美麗的夕陽

早上打來的電話不會是好消息。

手機上顯示來電者是母親。接電話前，我先用力深呼吸。母親說父親病危，可能這兩、三天就會離開。

「明白了，我今晚就回去。」

「嗯，麻煩你了。」

母親的聲音顯得無助、帶著哭腔，但仍不忘換上老媽子的語氣提醒我「回來記得帶上喪服」。我掛斷電話，一面掉眼淚，一面打電話取消傍晚原訂的鋼琴課和英語會話課。我打算下午出席完工作會議後，直接搭新幹線去大阪，晚上抵達家門。

距離開會還有數小時。我打開工作室的電腦，想寫篇散文。這恐怕是父親在世的期間，我留下的最後一篇散文。我想知道自己會寫出什麼樣的內容。

我從數則連載中挑出篇幅最短的那一份，手指對上鍵盤。我想寫和父親完全無關、純粹描寫日常瑣事的小文章，卻連第一個字要打什麼都沒有靈感。

呆坐了一會兒，桌上的手機傳來振動，是母親打來的。內容當然不可能是「別忘了要帶佛珠哦」。我趕緊接聽，得知了父親的死訊。

結果，我取消了下午的會議，匆忙把手機、手機充電器、手帳和錢包胡亂塞進行李箱；喪服輕輕地放進去，以免起皺。

口罩真方便，可以把大半張臉遮住。我流著淚，坐上山手線。

抵達品川站時，我想起得買點吃的。家人們肯定亂成一團，沒有閒情吃東西。然而，無論多麼傷心，肚子照樣會餓。不能讓「悲傷」控制了五臟廟。我在品川車站大樓採買了多份三明治和豆皮壽司，踉踉蹌蹌地走到新幹線的售票機前。既然人已離世，大可不用著急。我平靜心情，重新調整呼吸。

選座位時，我靈機一動。

坐在靠富士山這一邊吧。

天空一片蔚藍。今天是秋高氣爽的好天氣。

「我今天在新幹線上看見了富士山哦。」

之前返鄉向父親報告這件事，他都會開心地應道「真的啊」。

新幹線動了起來。去見死去的父親，是我人生最初、最後的返鄉。

爸，我多希望你能撐到晚上，等我到家。

剛接完母親電話的頭一秒，心中雖然冒出這個想法，但隨著新幹線搖晃前行，想法逐漸改變。不對，這是父親人生的最後一程，等誰回家已不重要，因為，這可是父親最寶貴的私人時光啊。希望父親等我回家的想法，太傲慢了。

好傷心。眼淚一顆接著一顆掉下來，一發不可收拾。

但是，心裡還有另一個我，同時盤算著各種事。

早知如此，昨天應該早點把初稿送出去！

因為憂心父親的病情，本來想把旅遊札記的邀稿推掉，現在不如接下吧，感覺很有趣。

啊，餐車服務來了，我想喝熱咖啡。

悲傷有強弱之分。如同演奏鋼琴曲，在我心中漸強、漸弱。漸強時會不小心哭出來，待時間流逝，即便悲傷，我也能預見那股波濤終將平息。

窗外飄起了雪，可惜這次沒能從新幹線望見富士山。相對地，橙紅色的夕陽照耀大地，美不勝收。

我將額頭貼近窗戶，盡情眺望。夕陽如此美麗，可惜父親已經看不到了。原來這就是死亡。這是我對死亡的另一層體悟。

距離父親短暫住院、隨後決定在家接受安寧治療，也不過是轉瞬間的事。父親臨終前躺在自己的房間，有母親握著他的雙手，彷彿睡著般地停止了呼吸。聽聞之時，我率先想到的不是「太好了」，而是「好羨慕」。我也想用這種方式迎接終點。我想任誰都是如此。

父親已換上鍾愛的毛衣，靜靜躺在床上。毛衣是去年叔叔過世時，分送給我們的遺物。我請家人讓我和父親獨處一會兒，然後大哭了一場。

我是頭一次在父親的房間裡，與父親單獨相處。我把自己的掌心，輕輕放在父親的手背上。上一次觸摸父親的手，已是小學低年級的事了。

他面帶微笑，彷彿隨時會甦醒。我喊了聲「爸」。這聲「爸」聽來是如此熟悉。「爸！」我這次大聲呼喚。這是我用最純粹的心情，哀悼父親死亡的最後時光。

接下來的程序，全都離不開錢。

遺體送入殯儀館後，我們趕緊和業者討論細節。我和母親盯著厚重的簡介手冊，努力挑選適合的靈堂、棺木、花種，以及守靈夜和頭七要送的禮盒。

父親生前厭惡在死後花錢，特別叮囑我和母親「一切從簡」。但我們母女不是強勢的個性，現場氣氛使人難以啟齒：

「全部都用最便宜的就好！」

我們先挑了幾樣最便宜的品項。總覺得全用廉價方案，彷彿父親不受重視似的，壓力很大。

要挑最便宜的棺木時，人員奉勸：

「令尊可是家中棟梁，請三思。」

事後想想，也許可以一笑置之：

「我們住公營住宅，棟梁也不值幾個錢啦。」

但總之當時不是這種氣氛。最後，靈堂和棺材都選了倒數第二便宜的方案。

殯儀館人員接著拿出樣品照片，請我們挑選靈堂旁要掛的燈籠。

「需要燈籠嗎？沒有會怎樣？」

我問，母親幫腔：

「就是說呀，燈籠這種東西，帶回家也用不著啊。」

正當我要取消燈籠時，人員悄聲道：

「燈籠是替往生者照亮路途用的……」

不說還好，他這一說，我不禁想像了父親在黑暗中徬徨的身影。

「媽，你認為呢？要替爸點燈嗎？」

我詢問母親的意見。然後，我們一起苦惱地選了最便宜的燈籠。

終於敲定所有細節，回到家時，時間已經超過晚上十點半了。

我吞下剩下的豆皮壽司，甜甜的醋飯溫柔地撫慰了空空的肚子。豆皮壽司真了不起，任何時候都能下嚥。

洗完澡後，我們母女合力從壁櫥翻出老相簿，挑選父親的照片。遺照用的照片，母親早已決定，但殯儀館有播放回憶相片集的服務，因此請我們挑選二十張左右帶過去。

青年期、新婚時期、家族合影，還有晚年熱衷種菜的照片……我留意著平衡感，不忘每個時期各挑幾張，就在我認真分配照片時……

「快看，這張照片裡的媽媽很年輕吧？」

母親在旁搗亂，不停拿出自己的學生照要我看，因此多花了一些時間。

父親生前厭惡住院，直嚷著要回家。前前後後加起來，也不過住院了二十天，卻連這二十天都無法忍。即使母親和住隔壁的妹妹天天去探望他，還是沒有地方比得上自己家吧。回家不過數日，他就去了另一個世界。

「全都按照爸爸的意思做了。」

母親神清氣爽地說。我認為已圓滿。播放的相片集在親戚間備受好評，從守靈夜播到隔天晚上，大夥兒無所事事地聚集在靈堂，看看照片，緬懷父親。家族裡的人都明白父親的優點，我感到很欣慰。

父親生前強調「不用幫我辦喪事」。如果非辦不可，找親戚就好。要替他完成心願，意外地費工夫，要一一向其他想慰問的人士道歉，還要解釋「這是家人間的小喪禮」，請他們諒解。我沒有太多時間沉浸在感傷裡。家人間的小喪禮就是這麼一回事。

「我們會在棺木內放入死者生前愛喝的飲料，請問他愛喝什麼呢？」人員詢問時，我不假思索地回答：「Bireley's果汁吧？」我依稀記得父親大口大口喝著，直嚷「好喝」。這是很便宜的果汁，父親連到最後一刻都這麼省錢。

待喪禮結束、遺體完成火化後，親戚們先回到殯儀館內用午膳。才剛坐下開動，阿姨們坐的位子那邊就突然傳來騷動。

原來是蓋住壽司盤的保鮮膜邊緣，貼心地附了橡皮圈。

「染頭髮的時候，有這多方便啊，可以用來罩住耳朵。」

脫口而出的正是家母，她問阿姨們要不趁機蒐集壽司盤上的保鮮膜。那幅景象令我莞爾。

接著大夥兒聊到「不知道殯儀館裡抓不抓得到寶可夢？」，拿出手機試了一下，還真的抓到好幾隻。父親若在世，肯定喜歡看我們這樣笑笑鬧鬧。他就是這樣的人。

從去世到守靈再到喪禮，一連幾天都是大晴天。季節是不冷不熱、楓葉尚未轉紅的和煦早秋。父親這一生，活得算是長壽了。等一切告終，我的心情也海闊天空。

悲傷有強弱之分。
如同演奏鋼琴曲，
在我心中
漸強、漸弱。

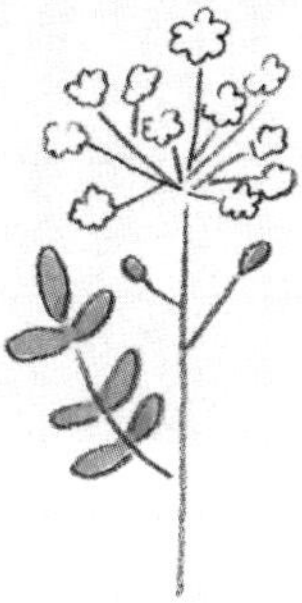

11 / 空出的冰箱

喪禮結束後，殯儀館派人來家裡，在父親房間內搭了靈堂。款式很簡單，僅在瓦楞紙箱罩上白布就完成，連遺照也立在紙箱上。果然是最便宜的方案。感覺挺像學生布置的成果發表會會場，但橫豎四十九天後都要拆掉，我認為這樣便足夠。

話說回來，一般來說，應該在哪個階段開始整理遺物呢？

我們家肯定相當早吧，畢竟從喪禮隔夜就開始進行了。

我是初次打開父親的書桌抽屜，裡面很空，隨意擺著尺、建築相關證照和鉛筆。我把不需要的物品清掉，用得到的統一放進工具箱。

桌上有個醫院用的馬克杯，我想母親也許想留作紀念，於是問：

「這要怎麼處理？」

母親反問我：

「什麼處理？」

「要留嗎？」

「不用不用。」

我把老花眼鏡、小收音機和計步器等物品擺上靈堂。

這才驚覺，父親房內的東西竟是這麼少。

父親生前沒什麼物欲。打開存摺便能發現，他把母親給的零用錢一點一滴地存下來；與其說是存錢，不如說是沒地方花，頂多偶爾領個幾百日圓出來，買買家庭菜園用的種子。手機也很早就解約了。但是，中元節和歲末寄給我和妹妹的茶葉和水果，從來沒少。

父親對於衣著打扮和日用品也毫無執著，母親買什麼就穿什麼，去圖書館總提著贈品袋，老花眼鏡也是百圓商品。我找不到可以分送的遺物，最後拿了父親用過的布製零錢包作紀念。聽說這個零錢包也是鄰里的人手工做的，裡面整齊地摺著一張五千日圓鈔票、五張一千日圓鈔票。分開摺的目的是方便拿取。父親出錢時，手勢總是豪邁大方。我們去便利商店買關東煮時，他拿出的就是這個零錢包。

「這要怎麼辦？」

母親叫住我。回頭一看，她的腿上有尊日本娃娃。這尊娃娃是小時候父親送給我和妹妹的禮物，四十年來放在家中生灰塵。因為不如絨毛玩偶那麼受寵，所以連名字也沒取，如今已風化磨損。

「沒關係，丟了吧。」

我躊躇片刻，還是決定丟掉它。四十年了。保存了這麼久，已經很不簡單了。

殯儀館給了我們一個放祭祀品的回收紙箱，不適合直接當作垃圾清掉的物品，就放入紙箱，殯儀館會代為祭拜再回收處理。

「這是免費服務嗎？」

確認時，人員雖然回答「是」，隨後才說明「嚴格說來不算免費，費用已經包在方案裡了」。也就是說，錢已經付了。

母親主張，應該把日本娃娃送去祭拜。只見她攤開舊報紙，捏了一把鹽撒進去驅邪，仔細把娃娃包好、輕輕放入紙箱。我當時認為，就算把東西丟掉，回憶也不會因此消失。

整理完遺物後，接著是多到數不完的文件山。

要結清醫療保險費，還要跑銀行和郵局辦理各項手續。為此需要用到戶籍謄本、居民票等多項文件。我和母親一起前往市公所，如同觀光客巡禮一般，跑遍各單位，每次都要重複說明：

「父親去世，我們要……」

窗口沒有人說「請節哀順變」，這應該是公所的規矩。

隔天，我把這件事告訴妹妹。

「唉，我已經厭倦開口閉口都是『去世』了，下次乾脆換個說法，『變成星星』你看怎樣？」

說完連我自己都想笑，我和妹妹及母親三人，忍不住在父親的遺照前捧腹大笑。

銀行的手續尤其折磨人，有太多程序需要跑，即使收到對方寄來的表格，憑我的理解能力，也不知道要填哪裡才正確。

一直盯著表格看也不是辦法，我和母親決定親自跑一趟銀行窗口。

來到銀行，又要搬出那句老話：

「父親去世，我們要……」

銀行有請我們節哀順變。

只是，引導的小姐請我們不懂的地方自己打電話問總行。承辦遺產繼承的窗口似乎很忙，無法一一替我們解答。

「我只是想問清楚表格怎麼填，拜託了。」

我厚著臉皮央求，對方也不是省油的燈。

「那請兩位在這邊稍候，也許需要等上好幾個小時哦。」

好幾個小時……？

問題是，在手續完成以前，母親連一毛錢都不能領，當務之急是盡快填寫資料、封好寄出。我處理完銀行的事就要趕回東京。如果銀行人員能立刻告訴我表格要怎麼填，就不會耽誤太多時間。

儘管人生歷練不豐，這些年我也學了不少，知道一旦動怒就輸了。這時候只能裝哭、動之以情了。父親走了，我淋著小雨坐上公車，帶著腰痛的母親來辦遺產繼承，結果卻在銀行門口吃了閉門羹。這麼一想，我真的開始欲哭無淚了。

「請您一定要幫幫忙，否則……我真的不知道該怎麼辦了……」

我拿出手帕按住眼角，聽到小姐說「請進」。我們被領到窗口，才五分鐘就把想問的事情問完了。

儘管效率不彰，但我終於把繁瑣的手續逐一辦妥。

還得先回東京一趟。我打算喝杯茶再走，打開老家的冰箱一看，忽然一陣感傷。本來塞得滿滿的冰箱多出了許多空間。父親的存在感變得稀薄。他愛吃的雪印六等分蛋糕，還剩下五塊沒吃完。

買完新幹線的票後還有一些時間，我在咖啡廳喝了茶，還去逛了禮品店，等時間差不多了，走上月台一看，指定票位的新幹線已離站。

手錶指針停在半小時前，我因此錯估時間。奇妙的是，我並不著急。已經不用擔心父親的病情，不用害怕到掉眼淚了。心頭的重擔終於卸下了。一到東京，我立刻趕去上鋼琴課和英語會話課。

我當時認為，
就算把東西丟掉，
回憶也不會因此消失。

12 鯨魚之歌

送父親離開快滿一個月了，我慢慢發掘快樂的事物，重拾生活步調。去吃雜誌上介紹過、已好奇多時的餐廳，或給自己安排幾場小旅行。

我還去逛了緬甸節。

緬甸節辦在東京鐵塔旁的增上寺，現場擺出緬甸小吃攤，配合節慶舉辦各種活動。

我在偶然中得知有緬甸節這樣的活動，因為好奇緬甸料理，決定去一探究竟。活到這麼大，我從沒想過要去緬甸旅行，卻很好奇緬甸料理的味道。

來聊聊我在緬甸節吃了什麼吧。

首先品嘗了緬甸料理中我最愛的茶葉拌豆「勒佩豆」（La Phet Thoke）。這是將發酵過的茶葉、高麗菜絲及炸得酥脆的豆子，拌著泰國魚醬一起入菜的爽口料理，吃再多都不會膩，太美味了。茶葉不苦不澀，我連它是什麼味道都吃不太出來，只知道口感綿滑順口，酷似海帶。除此之外，把豆子磨碎做成麵糊、加入薑等香辛料搓成的豆丸，也好吃得不得了。

我一邊大啖緬甸料理，一邊逛著緬甸民俗手工藝品和食材小販，買了緬甸產的向日葵蜂蜜回家。緬甸節真有意思，我甚至想著明年還要再來，但若問我想不想去緬甸旅行，同樣沒有特別心動。

說到旅行，父親曾心心念念地說想去北海道。

「爸，你也可以偶爾自己去散散心啊。」

我、妹妹和母親三人，沒人主動說要陪父親去。父親說要開車環島旅行，一路漫遊去北海道，家人卻都想著：「別鬧啦，放過我吧！」反正父親只是一時興起、說說任性話罷了。結果父親這一生，再也沒機會踏上北海道的土地了。

早知道應該陪他去嗎？

不，就連父親死後，我也不曾這麼想。當下不願陪他去的我，才是父親的女兒。

再說，倘若父親真的想去，一定可以自己去，或是明確告訴我們為何想去，對吧？我落寞的不是沒帶父親去北海道，而是今後再也無法對他說：「爸，你也可以偶爾自己去散散心啊。」

離巢二十年，父親不懂傳簡訊，本身討厭講電話，每年寥寥數次的返鄉，成了我們父女唯一的交流機會。所以，儘管已經過了一個月了，我仍舊不覺得父親不在了。

但我也不認為父親仍健康在家。每當想起這件事，我就會突然鼻酸，急忙叫自己不要再想。

因為不想被安慰、不想被同情，我幾乎沒跟朋友提起親人過世。我不想背負著父親的死。那應該是極其自然的事情。話雖如此，倒也不適合讓別人拍肩說「真是太好了」。

不說最輕鬆，對吧？

我選擇了「雙親似乎健在」作為形象。

「兩老最近好嗎？」

「啊，還可以。」

如此帶過，應該不算說謊吧？

時序邁入十二月後，我陸續收到友人寄來的守喪明信片。但我貫徹「雙親似乎健在」的路線，一如往年，寄出了普通的賀年卡。

意外的是，幾張通知守喪的明信片，竟為喪父不久的我帶來些許心靈慰藉。

從前收到這種明信片，我只想到對方可能失魂落魄；等自己親身經歷後，收到時會帶入感情：

「原來是這樣……上次和他說話時還看他那麼開朗，原來他的父親在今年春天去世了……」

不只我的父親，也有其他人的父親走了啊。

逛完緬甸節後，我順道去看了東京都庭園美術館舉辦的波坦斯基展。

波坦斯基（Christian Boltanski）是法國當代藝術家，他的作品十分奇特，其中有個叫〈亡靈細語〉的裝置藝術，在天花板裝了小型擴音器，播放錄製好的對話聲。如同作品名稱，聽起來既像亡靈的細語，又像隔壁房間傳來的說話聲。來賓四處參觀時，無意間就會聽見那些奇妙的窸窣聲。

叫做〈心跳聲〉的作品也很特別，反覆播出錄好的複數心跳聲。我感到有些畏懼，原來每個人的心跳節拍都不一樣。儘管心跳聲是如此的不同，每個人都活在自己的人生當中，本質上是一樣的。

另一間展覽室播出波坦斯基的採訪影片，介紹他即將要創作的作品，其中一項是在遙遠的巴塔哥尼亞（Patagonia）[4] 裝設巨大的小號，每當颳風時，會吹奏出酷似鯨魚的音樂聲。

「想必沒有人能親眼目睹這項作品。」

他靜靜地說。

沒人看見的作品，還有意義可言嗎？有，光是知道它的存在，就意義非凡。

譬如，在累得慘兮兮的一天要結束時——

「那支裝在巴塔哥尼亞的小號，今天晚上也在冰天雪地裡吹奏鯨魚之歌呢。」

4 位於南美洲阿根廷、智利境內，安第斯山脈以東、科羅拉多河以南的區域。地形以高原和海岸平原為主。

想像本身就是波坦斯基的作品。不用實際前往，不用親眼欣賞，光是知道就很美了。

漫無目的地逛著波坦斯基展，我驀然想起曾有一位朋友，在失去至親時，和我說了一個故事。

他說有天獨自在公園散步，不知從哪兒飛來一隻白蝴蝶，一直跟在他後頭。他心想：「啊，是過世的人來向我道別。」我聽了心頭發熱，為這美好的故事動容，同時也彷彿看見了蝴蝶在春天翩翩飛舞。

故事可以為人帶來力量。

波坦斯基的作品和緬甸節給了我養分，讓我在心頭編織起小故事。

在遙遠的巴塔哥尼亞，有一支小號吹奏著鯨魚之歌。今天也有全家福在緬甸節吃了好吃的茶葉拌豆，熱烈地交換「好好吃哦」的感想。我無法確認事實，但光是知道有這些事情就很開心了。

即使重要的人從世界上消失了，但我知道他「曾經存在」。只要知道便足夠了。這就是我的白蝴蝶。故事的靈感來自於外在事物，有多少人，就有多少故事——我是這麼認為的。

儘管心跳聲是如此的不同，
每個人都活在自己的人生當中，
本質上是一樣的。

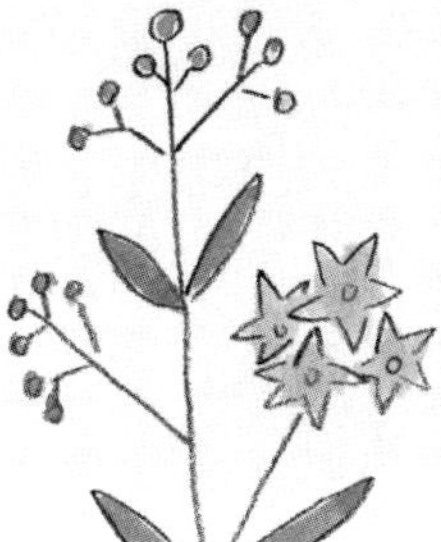

13 家常菜

我和母親約在JR京都站碰面。是我主動邀的，想久久去一次京都街道散散心。母親直接從老家大阪過去，我趁著從東京返鄉時順道前往。

我們決定去清水寺。按照京都車站內的導覽去到那裡，才發現直達的公車比較方便，因此懊惱了一下。

不過，母親很懷念京阪電車。

京阪電車外型小巧可愛，古色古香。坐在車廂裡，就像坐上了早年的路面電車，彷彿坐著坐著就會抵達四國、松山的道後溫泉。因為老家不在京阪線上，我們很少搭京阪電車，所以勾起了「全家出遊」的回憶吧。僅僅一站的距離，就在聽著母親聊往事之間，搖晃到站。

通往清水寺的坡道上擠滿了觀光人潮，想停下腳步都難。適逢溫暖晴朗的星期六，加上晚上剛好要舉辦燈會，難怪這麼多人。

「哇，人也太多了吧！」

「就是說啊！」

緩緩地爬坡到半途，我半帶好奇地叫了人力車，想說趁機體驗看看也不錯。

我喊住年輕的車夫：

「小哥啊，你跑哪些路線？」

「天涯海角都行！」

「不許唬我哦～」

我不忘來一句大阪式吐槽。

三十分鐘，九千日圓。

「媽，我們坐坐看嘛，我請客。」

母親嘀咕著「真浪費」，意願不大。

「我平時住東京，沒什麼機會過來呢。」

我假裝很想坐坐看，母親終於接受了。我和母親坐上人力車，請車夫在清水寺周邊繞繞。

年輕人開始拉車，但由於現場人山人海，速度也快不起來，只有穿越民宅小巷時能順暢前進。樂趣在哪?取決於車夫的口才和人品。

這位年輕人讓人很有好感，年齡差不多二十五歲，一面為我們做定點觀光導覽，一面游刃有餘地上坡、下坡，很熟悉山路的樣子。

每當遇到爬坡……

「很重吧？要不要下車幫你推呀？」

母親都會這麼問年輕人。雖然是玩笑語氣，其實心裡應該很愧疚。我卻不由得暗想「三十分鐘要價九千日圓，這點程度是應該的」，這樣的我，心靈的善良程度從本質上就不一樣吧。

很久以前還發生過這回事。

那天從清早便開始下雨。我回到老家，妹妹一家也剛好要過來玩。

「要不要乾脆叫披薩？」

我提議。母親反對，因為危險。她說，我們要是叫了披薩，店員就得冒著風雨騎車替我們送來。

「要是受了傷，那就太可憐了。」

母親就是如此善良。

坐人力車結束觀光後，我們爬上禮品店櫛比鱗次的坡道。

途中進入咖啡廳休息。靠窗的座位能看見院子，儘管已過了賞楓的季節，秋天的樹木依舊美麗。

窗外有一對夫妻帶著兩隻貓坐在露台。貓咪有繫牽繩，像狗狗似的，悠哉地兜來轉去。

真可愛啊。

我們一起眺望了一會兒。

母親和我相處時，態度多少跟和妹妹相處時不太一樣。除了對長女、么女教育方式的不同，我和妹妹也各有各的脾氣。

我猜父親也是。父親和我在一起時，比較愛面子。

「爸好厲害！」

每當我表示佩服，他總是發自內心很高興的樣子。我不清楚父親在妹妹面前是什麼形象，但應該比面對長女時更容易讓人撒嬌吧？我赫然察覺，當我想著這件事時，父親已經不在了。

逛完清水寺後，我們坐公車去了河原町。

晚餐吃我在網路上找到的京都家常料理店。我特地選了一家氣氛明亮的店，好替母親打氣。

京都、家常菜、老闆娘、開朗。

我用這幾個關鍵字下去搜尋，從搜尋結果裡挑了一家店，打電話訂位。傳來的聲音大方快活，感覺是家好店。我決定相信自己的直覺。

下了公車，走去餐館的途中，我和母親說：

「那家店的老闆娘感覺很風趣呢！」

我模仿訂位時的對話給母親聽，她笑呵呵地說「真期待呀」。

我沒猜錯，老闆娘本人很迷人，有著開朗大方的笑容。狹小的空間裡只有一小截吧檯和一張餐桌，眨眼間便坐滿了訂位的客人。看著一道道美味的家常菜被端上桌，越看肚子越餓。

腐皮串、肉豆腐、核桃拌菜、萬願寺甜辣椒金平醬菜、香菇鹹派、清炸海老芋、信太卷[5]……

京都菜實在太好吃，我和母親忍不住一口接一口。老闆娘很會看時機找我們閒話家常，也會適時引導陌生的客人們聊成一片。母親也愉快地加入聊天。

「謝啦，還要再來哦！」

老闆娘在店門口不停朝我們揮手，我們也數度回頭朝她頷首致意。

5 包入蔬菜、魚肉、豬肉、豆腐等食材做成的油豆腐卷。

回程的電車上，我們還意猶未盡地聊著。我說：

「真好吃呢，老闆娘又很風趣。媽，假如換你當一日老闆娘，你想做什麼家常菜？」

「什麼啊——！」母親笑歸笑，但不愧是當媽媽的，輕鬆舉出炸煮茄子、蔬菜天婦羅、燉蘿蔔乾等拿手好菜。每一道都是我愛吃的料理，自己卻無法煮得和母親一樣好。

等將來母親離開的那一天到來，也是媽媽的味道失傳的日子。明知如此，我卻提不起勁趁現在學起來。

尤其是萩餅[6]。

我特別愛吃母親做的萩餅，偶爾回家，會請母親做給我吃。我曾因為好奇紅豆該怎麼煮而悄悄掀開鍋蓋，到頭來卻只負責吃。妹妹不吃和菓子，同樣不吃母親做的萩餅。可想而知，更不可能去學。我再不趕緊學會，美味就要失傳了，但由於我的懶散，總想著改天再說，就這樣拖到了今日。

我讀過一篇動人的散文，那是酒井順子小姐刊登在《生活手帖別冊之生活手帖美食評論》的文章。

酒井小姐在母親驟逝之後，曾茫然佇立在變成空屋的老家。打開冰箱，發現裡頭放著一鍋煮好的咖哩。

酒井小姐是這麼寫的：

「這鍋咖哩，恐怕是母親在永遠的外出之前，替孩子預留下來的最後一道『加熱菜』。」

我遲早會面臨這麼一道加熱菜吧。

6 把煮熟的糯米或粳米搗成半泥狀，加入紅豆餡揉製而成的傳統日式甜餅。

14 最後的禮物

在老家陪母親生活了兩、三天，多年來在東京的生活開始變得模糊起來。我逐漸融入母親的世界。

「好多事情都成了過往雲煙。」

從陽台眺望著火紅的夕陽，我的心態彷彿成了日薄西山的老人家。接著猛然想起自己才四十多歲，就像是突然收到了「時間」當禮物。

說到禮物，我在《週刊文春》畫過類似的漫畫。連載的內容正是老邁的雙親與四十歲的女兒共織的三人家庭物語。

作品中的女兒在某日下班後，在自家附近遇到父親，父親順勢買了烤番薯給她。父女一道回家時，女兒腦中浮現想像：假如父親今晚突然離開了，烤番薯就成了父親送自己的最後禮物。大概是這樣的故事。

我實際從父親手中接過的最後一份禮物，是7-ELEVEN的關東煮。我思量著「這或許是父親買給我的最後禮物」，吃下那份關東煮。

無論是對漫畫中的女兒，還是我自己，最後的禮物是什麼，早已不重要了。那不過是過去收到的、為我帶來種種回憶的小東西罷了。

父親曾送我一支精工（SEIKO）手錶。我在雜誌看到那支錶，被文宣打中。記得其中一句標語是「甩甩手，活出自我」。那是一支藉由手部晃動自動上鍊的機械錶。

父親特地帶我去百貨公司買的。當時我還在讀短期大學，一路上父親心情絕佳，應該很高興能和花樣年華的女兒一起出門吧。父親從口袋拿出小小的合成皮錢包，買了將近四萬日圓的手錶送給我。

當時父親自己戴著什麼錶呢？他這個人沒什麼物欲，想必戴著廉價手錶。父親晚年最愛穿的衣服，是一件從跳蚤市場買來的百圓夾克，背後印著碩大的罐裝咖啡商標。

記得某年生日的夜晚，父親買了一件三色的春季款毛衣送我。他下班後一回到家，馬上把繫著蝴蝶結緞帶的袋子塞給我。

「拿去。」

對當時還在讀國中的我來說，這件毛衣的款式有點成熟，想不到試穿之後意外地好看。車站前的蛋糕店旁有間小巧的精品服飾店，聽說父親買了櫥窗展示的新品回家。

那天，我收到的禮物不只有毛衣。我還想像了父親走進可愛服飾店買衣服、神色苦惱的模樣，從那以後開始覺得「自家老爸也挺可愛的嘛」。

漫畫中的女兒也捧著熱騰騰的烤番薯袋，想起父親從小到大送過的禮物。這是作者（我）的內心世界。

「真好啊。」

畫著畫著，我不小心脫口而出。

昨日到今日，今日到明日。不論過了多久，漫畫中的家庭都不會變。不會衰老，不會有人死掉。我因為想起了父親，情緒有點激動，一邊拿面紙吸著滴在漫畫原稿紙上的淚水，一邊繼續畫著。

我很喜歡日本樂團JITTERIN'JINN寫的一首歌，〈禮物〉。歌詞很簡單，只把情人給的禮物統統列出來；奇妙的是，聽起來很舒服。

歌詞講一名女孩愛上了一名男孩，那個男孩已經有女朋友了。女孩決定與他分手，告別之前，悉數回憶著男孩送給她的每一樣禮物。

女孩似乎收到了各式各樣的禮物，原子筆、黑膠唱片、在路邊攤買的戒指、綠色的雨傘，以及裝了糖果的鞋子。

每次去ＫＴＶ唱這首歌，我都會連帶想起從前男生們送給我的小禮物。

有個男生送過我粉紅色的電子記事本。那是手機尚未普及時的古早年代物。記得我回家後，努力讀著電子記事本的說明書。

「那玩意兒方便嗎？」

看電視的父親見我在東摸西摸，好奇地問。

「還不知道啦！」

我懶得解釋，隨便回了一句。明明只是一件微不足道的小事，不知何故，那天晚上和父親的種種互動，我都記得一清二楚。時間是冬天，緊靠暖爐而坐的父親穿著白色的衛生褲。

成長的一路上，我收到了各種贈禮，到頭來卻沒留下幾個。粉紅色的電子記事本下場如何，已經消失在記憶深處。精工手錶因為特別有感情，所以還好好地收著。時針雖然停了，但只要戴上去，甩甩手，或許會再次走動吧。

現在過生日，母親會寄來百貨公司的禮券，並在傳單的背面註記「拿去買自己喜歡的東西」。

媽，你現在領年金過生活，不用送我東西了啦。

我應該要這麼說的，但又覺得「別人的心意，我就欣然收下吧」，並且厚臉皮地把禮券塞進錢包。

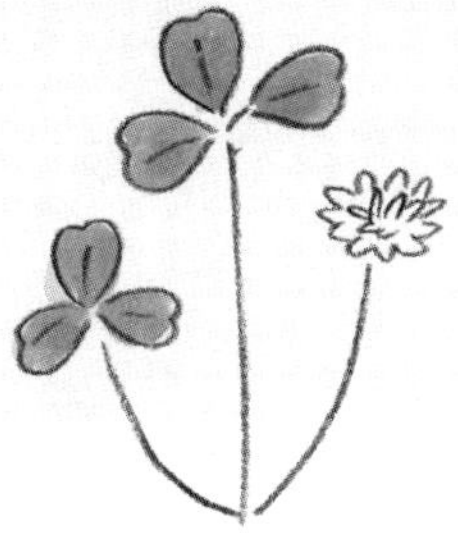

15／聊聊同學

我耳聞了同學去世的消息。

我和他只在小學時同班過，之後不曾說話，今後回憶也不會增加。可是，當我聽到消息，內心還是涼了半截。

我對他的印象停留在國中校園，那天他嬉鬧著奔過走廊，被老師臭罵後一臉尷尬。長大以後，我就沒看過他了。

要趕快提醒他！

奇妙的是，聽聞他去世的當下，腦中冒出了這個句子。明天要趕快去學校提醒他。

「你未來會出事，所以要小心一點啦！」

感覺只要說了，就還來得及。

覺得人生不如撕日曆般眨眼即逝的人，應該不只有我吧。

養老孟司[7]和南伸坊[8]出過一本對談集叫《老人之壁》（老人の壁）。

南先生在開頭說：「現在六十七歲只是剛步入老年而已，我自己毫無真實感。」接著，他問養老先生：「老師，您認為自己是老年人嗎？」養老先生回答：「我就快八十歲了，如果只有我一個人，肯定沒有自覺。」南先生認同地說：「自己一個人沒有感覺。因為和外界有所聯繫，才能察覺『我是我』吧。」看到這一段，我在內心點頭如倒蒜。

我以前是個愛多管閒事的小孩。讀幼兒園時想當幼保老師，讀小學時想當小學老師。明明自己也是小孩，卻喜歡照顧其他小孩。

大概是小學四年級左右吧，班上來了一個轉學生。那個女生很文靜，主動和她說話也幾乎不答話，只會點頭、搖頭。

我擔心她被同學排擠，於是特別關心她，下課時率先找她說話，玩邊唱歌邊挑隊友的童謠遊戲「花一匁」時，也會指名找她：「我要○○加入隊伍！」

---

7 養老孟司（一九三七－），日本暢銷作家、醫學博士、解剖學者，著作甚豐。

8 南伸坊（一九四七－），日本知名插畫家、編輯、書籍裝幀師。

某天回到家，母親突然褒獎我。她去參加家長會，聽導師說我很照顧轉學生。好像是轉學生跟老師說的。女兒在家長會上被誇獎，母親一定很高興吧。

我嚇了一跳。對我來說，這些行為根本沒什麼，我不認為自己做了什麼了不起的事，卻突然被誇獎。隔天起，我再也無法用自然的態度親切對待轉學生了。

「我們要替〇〇著想。」

「要找〇〇一起去！」

一不小心，說話方式變得咄咄逼人。大概是稱讚造成的影響，我和轉學生之間出現無形的鴻溝。後來我們分到不同班級時，我甚至覺得鬆了一口氣。

然後是國中時，班上有個女孩的母親生病過世，兩位班代表要去參加喪禮。

母親去世。

我光想像就害怕不已。矛盾的是，目送班代表走出教室、早上可以不用上課，心裡又覺得好羨慕。

下午，導師和班代表回來了。當時應該是自習時間，三人從教室後門走進來，老師直接站上講台，兩位班代表猶豫著該回座位還是走去前面。教室裡鴉雀無聲，大家都等著老師開口。接著，老師問班代表，那位女同學還好嗎？一男一女的班代表裡，男生愣了一下，然後小聲回答「哭得很慘」，教室裡頓時瀰漫著哀傷的氣氛。

有一次我在找東西時，偶然發現了小學時期的作文簿。從使用的漢字數量來判斷，應該是小學三年級左右吧。

每篇作文的最後都有老師批改的評語。說是評語，其實也只是短短一句話。

我挑了老師用紅筆寫著「感覺很好玩」的作文來讀。

上面寫著，我放學後去同學家看了倉鼠。我們是感情要好的三人組，看完倉鼠後，去了公園打網球。網球？我怎麼沒印象？我記得有去沙坑玩，然後還玩了攀爬架，難道是在這「中間」打了網球嗎？

打完網球後，我們似乎繼續在公園遊玩，玩到一半下起了雨。「雖然下雨了，但我們撐傘繼續玩。」讀到這裡，我會心一笑，但接著便出現轉折。作文裡面提到，我為了「搶位子」，和其中一個朋友吵架了。「我走其他路回家。」從這句來看，我們應該是分開回家的。

我獨自走在回家的路上。

雨停了嗎？儘管不復記憶了，但直到今天，我仍隱約記得當時那股寂寞感受。回到家後，我和妹妹玩了餐廳家家酒，晚上似乎吃了咖哩。導師在我這篇作文日記的最後，用紅筆寫下「感覺很好玩」的評語。不過，我想我希望收到的評語，不是這句話。

16／一人旅行

我給自己安排了一人小旅行。

利用新年假期去的——話雖如此，但我畢竟不是上班族，平時本來就能自由安排假期。只是，在一年伊始、萬象更新的時候獨自去旅行，別具意義。

我想去島根縣的足立美術館走走。原因有二，首先，記得電視上介紹過足立美術館元旦沒休息，正常營業。再來是，父親生前提過這間美術館。

那是父親單獨外派到島根縣的事了，確切的時間不記得，聽說他在那段期間參觀了足立美術館。

「那裡的院子好乾淨啊，一片垃圾也沒有。」

他常常語帶懷念地提起美術館，讓我也好想去一次看看。

我從大阪老家搭新幹線到岡山，再從岡山轉乘「特快車八雲號」，約莫花了三小時半抵達安來。「特快車八雲號」從岡山發車，途中經過米子、松江前往出雲市，足立美術館位在安來，所以差不多在中間吧。

我在搖晃的電車上，回想在老家過年的情景。

每年除夕夜，我都跟母親一起觀賞紅白歌唱大賽。只是，今年沒有父親在旁邊無所事事了。

父親討厭歌唱節目，同樣不看紅白歌唱大賽。但他知道母親期待已久，唯有這一晚會放棄轉台權，躲在自己的房間看書、打盹，偶爾走來客廳說「該準備跨年蕎麥麵了」、「幫我烤年糕」之類的，讓母親在廚房忙進忙出。每當父親回到房裡，母親會偷偷向我抱怨：

「我想悠哉看個電視都不行！」

今年是歷年來首次沒有父親打擾的紅白歌唱大賽。平常這時候，父親已經在吃蕎麥麵了……想到這些事，我不禁落寞起來，想必母親也強忍著寂寞吧，我們彼此都靜靜地沒說話。

隔天新年，我們簡單吃過年菜後沒有什麼事情要忙，我和母親一起來個廚房大掃除。

「我們家又不是開餐廳的，平時用不到的東西就扔了吧？」

母親催促。

這也要丟，那也要丟，一堆東西都說要丟，我反而不想丟了。

「這要怎麼辦？如果很重要就留下吧？」

我柔性勸母親留下，母親卻毫無留戀地說「不要了」。

在我把鍋碗瓢盆移來移去時，母親說：

「你知道嗎？你昨晚說夢話說得很大聲哩。」

果然不是作夢。

我記得自己在夢中大叫。夜半驚醒時，心臟劇烈跳動，我猜也許我真的叫出來了。但很快地，我又墜入夢境。

大概是怒氣殘留在潛意識中，形成火種，在夢裡重新熊熊燃燒。看來睡前不該去想令人生氣的傢伙，越氣腳越冷，翻來覆去睡不好。

有一種人很喜歡偷搭別人的順風車。但，順風車總要下車。接下來的路，唯有自己替自行車上油，努力踩著踏板前進了。

自己旅行的好處是，能靜靜思考這些事。

出了安來站，一輛配合電車的足立美術館免費接駁公車停在車站前，包含我在內，上車的乘客一共五、六人。公車穿越農田，二十分鐘左右便抵達美術館。

我馬上參觀了他們自豪的庭園。走進有大窗戶可飽覽漂亮庭園的咖啡廳裡，面對庭園的特等席剛好空著。

我在沙發坐下，眺望庭園美景。那是一座廣闊如潑墨山水的優美庭園，遠方的真實山景巧妙地成為庭園背景，如同父親所說，一片垃圾都沒有。說起來，庭園本身也沒有開放給遊客進入。

好安靜。沒有風的這一天，連樹木沙沙聲也聽不見，眼前彷彿是一幅畫。

按照父親猴急的個性，就算面對這片潑墨山水，肯定也迅速看一眼就離開了。

我也有性格急躁的一面，在廚房工作上尤其明顯。有次回老家，我快手快腳地切了梨子端出去，發現母親和妹妹留下了果核沒吃。「快手快腳」固然好，做事卻不夠仔細。我洗碗也洗得快速熟練，看在其他人眼裡，也許會覺得「沒洗乾淨」。回想起來，小學做勞作時，我總是急著做完，每次都做得馬馬虎虎。

欣賞完庭園景緻，我悠哉地逛了日本畫展、橫山大觀[9]特展，以及北大路魯山人[10]的陶藝展。

晚上，我訂了米子市內的飯店。

還去車站附近的傳統澡堂泡了澡。在觀光導覽所拿到的地圖上，列出這家叫做「米子湯」的小澡堂，我很中意他們的深浴池。我小時候去的澡堂也有很深的浴池，小孩子要由媽媽用包巾背著才能下去泡。

說不定父親也有來過這間澡堂。

米子是父親當時外派的地點。老家的公宅改建後，我們家終於有了浴缸可以泡澡，但父親嫌浴室太小，還是習慣上澡堂舒服泡湯，所以有很高的機率來過「米子湯」。只是，這件事已無法確認了。想知道的事情，總是直到來不及時，才如雨後春筍般冒出來。

父親一生去過日本的哪些外地工作呢？我應該問過他，但沒有一一記住。早知如此，應該買張空白地圖，跟父親說：

「爸，幫我把你外派過的地點都圈起來。」

9 橫山大觀（一八六八－一九五八），日本近代繪畫大師，確立了隱藏描線的「朦朧派」畫法。

10 北大路魯山人（一八八三－一九五九），日本知名篆刻家、畫家、陶藝家、書道家、漆藝家，此外也通曉美食。

如此一來，父親不知會有多高興。

「米子湯」的壁畫是繪本作家長谷川善史的作品。畫著一家人奔跑在富士山、大海和沙灘下，一片祥和。我抬頭望著寧靜祥和的磁磚畫，一面泡著不會太燙的熱水澡，迎接一年之始。那天晚上起，我不再做惡夢了。

接下來的路，
唯有自己替自行車上油，
努力踩著踏板前進了。

17 櫻花盛開時

東京的櫻花開了。

櫻花無處不美，但在我眼裡，最美莫過於小學的櫻花。

父親去世過了半年，不再想起父親的日子明顯增多了。

話雖如此，有時突然瞥見某個街景，就會牽動我的內心。

望著附近小學盛開的櫻花，我不禁思忖，未來的每一年，我是否都會悄悄感到後悔。

一年前。

我剛好在賞櫻的季節回到老家。吃晚飯時，我們聊起河堤邊的櫻花樹道。

「明天要不要順道去看看？」

我邀母親一起去，母親開心地說好。

「今年還沒看到櫻花呢。」

父親搭話。

每天父親都會走去河堤，但都在天未亮的清晨時間，可能沒有賞到花的感覺。「還沒看到」是指在白天賞花。

他希望有人邀他一起去。想和家人一起賞櫻。而父親的個性不會主動開口。

我也覺得三人一起去應該不錯，但要顧慮父親急躁的個性。站在母親的立場，偶爾也想母女悠閒地散散步吧。

我選擇了和母親單獨去。

父親又說了一遍「今年還沒看到櫻花呢」，但我把它當作父親的自言自語，沒有搭理，最後也沒邀他一起去。

河堤的櫻花美不勝收，左鄰右舍紛紛帶著野餐墊出來賞花。

「午安！」

邊寒暄邊走過河堤小徑，櫻花從兩旁盛開，遮住天空，形成拱形通道。走著走著，我不禁後悔沒找父親一起來。能和父母一同走過櫻花樹道的機會想必不多了。怎知，父親真的在半年後的秋天撒手人寰。

假若當時，我們三人一道去河堤散步，會聊些什麼呢？

「今天天氣真好啊。」父親會舉起單手問候鄰居嗎？或者只是害羞地笑一笑？

「帶兩個美人出來散步，真福氣啊。」

我可以想像附近鄰居這樣調侃父親。

我還有另一件後悔的事，那就是肯德基炸雞。每次經過肯德基，我都不由得遺憾。

父親從以前就愛吃肯德基。

「你想不想吃肯德基？」

每當父親這麼問，表示他現在很想吃肯德基，但覺得多少要徵求家人同意。這時只要有人說「想吃」，父親就會馬上接：

「好，我去買回來。」

他會立刻開車出門，買一大堆肯德基回來。

何必買這麼多？

家人們紛紛暗想，但不敢說出口，以免壞了父親的興致。父親自己也是喜歡歸喜歡，但吃不了多少。

但我就是喜歡在這種地方豪邁大方的父親。回想起來，這是父親最令我欣賞的優點。父親買回來的肯德基炸雞實在多到吃不完，隔天還替我和妹妹的便當加菜。

父親病倒住院時，曾在吃飯時說：

「好想吃肯德基啊。」

當時，我是怎麼回答他的？

「等你體力好一點再吃。」

我可能這樣說了吧。

隔天我必須趕回東京，想趁搭車前買肯德基給他。父親食慾不振，也許只吃得下一口，但就是想吃那麼一口吧。

問題是，車站前的肯德基要搭公車才能去。從老家走到公車站、等公車，往返的時間零零總總加起來超過一小時。我想了想覺得麻煩，最後只帶了母親剝好的柿子去醫院。父親吃完柿子後，緩緩在床上躺下。

父親當時的模樣，永久地烙印在我心底。離開病房時……

「要再來啊。」

父親靜靜地說。

櫻花樹道和肯德基炸雞。

兩樣東西寫在一起，看似毫不相關。

實際上呢？總覺得這是父親在生命的最後給我上的一課：老實表達心情，不要怕麻煩！

櫻花無處不美，
但在我眼裡，
最美莫過於小學的櫻花。

18

如果我有小孩

寫了這麼多自己的父母，如果反過來換成我有小孩，我可不希望他們擅自亂寫我的故事。

不過也很難說，如果寫的正好是我希望他們寫的事，似乎也沒什麼不好。

比方說，以「我的母親很愛旅行」輕鬆破題就還不賴。接下來會怎麼寫呢？

「我的母親很愛旅行。說起來好像很厲害，但不是環遊世界那一種，頂多在國內旅遊個兩、三天。出發的早晨，她會速速打包行李，留下一句『我會帶伴手禮回來』，像一陣煙消失不見。母親喜歡隨心所欲地旅行。當她說著『我回來了，這拿去』，並把豆沙饅頭的伴手禮盒塞給我，通常我打開盒蓋的時候，裡面已經少了一、兩顆饅頭。天底下怎麼會有在觀光地就把伴手禮吃掉的大人啊？」

如果能把母親詼諧的一面也寫進去，營造她是一位去過很多地方、見多識廣的母親，就很聰明又靈巧。

我是真的熱愛旅行。連平日的傍晚都能突然心血來潮，想著接下來要去哪裡旅行。

我經常偷吃剛買的禮盒。一方面想試吃味道，好吃就多買一點；一方面也是嘴饞。

晚上在觀光飯店悄悄打開號稱「伴手禮」的餅乾點心禮盒，總有一絲罪惡感。不管是豆沙饅頭還是糯米丸子，先拿一個出來試吃再說。多數時候，味道都和我想的一樣。

我在各種心境下都會去旅行。

有時是閒來無事，有時是想忙裡偷閒。心情平靜時想找個地方去，心情沮喪時也想出門散心。

難過時出去旅行不是為了放空，對我來說仍是為了思索。有一次思考過了頭，不小心在那霸國際通[11]的便利商店大聲自言自語，遭路人狠瞪。

11 位於沖繩那霸市中心的知名購物街。

我希望我的孩子也能寫寫旅行以外的興趣。鋼琴就很不錯，內容可以這樣寫：

「我的母親超過四十歲才開始學鋼琴。家人都認為她是三分鐘熱度，但她每週去一次鋼琴教室，持續了很長一段時間。妙的是，她自己沒有買鋼琴，在家也幾乎不聽音樂，但我相信她很尊敬音樂。我聽過幾次母親彈鋼琴，但都是在家電賣場試彈而已。」

我雖然在學鋼琴，不過一週只能摸到一次鋼琴，學了半天都不見長進。但我就是學不膩。

鋼琴課於我，就像閱讀。不是要彈給別人聽，而是自得其樂。

年輕的女老師親切又開朗，為我示範的手指完全沒有一絲皺紋，與其說是白，不如說是通透到可見青色的血管。那雙青白、稚嫩的手一碰到琴鍵，便如植物藤蔓一般曼妙舞動，想到這麼厲害的人每週必須聽我彈奏破曲，我都覺得很不好意思，每個月都向她道歉。

「老師，抱歉哦，讀音樂大學的人喜歡聽美妙的曲子，你卻時常在聽我的破曲……」

這當然是玩笑語氣，同時也是我的真心話。「哪會、哪會！」老師總會笑出來，但我認為自己的行為對熱愛美麗事物的人來說是種褻瀆。

不過，彈鋼琴真的很愉快。

彈的時候，如果能感覺到「啊，這裡好美」就更開心了。例如巴哈的〈G弦上的詠嘆調〉，光是體驗到巴哈所感受到的美，就算自己彈得生澀拙劣，心情也不禁飛揚起來。美可以超越時代、超越國界。

興趣的話題到此打住，我希望女兒也能稱讚一下母親的外貌長相。

「母親雖然沒有說出口，但她對自己的頭髮相當自豪。即使老了依然充滿光澤，看著她在鏡子前梳頭髮的模樣，也算是風韻猶存。我很慶幸像母親的地方是頭髮。」

要是這麼寫，我一定在心裡大讚孩子機靈。

我從小就常被稱讚頭髮漂亮。二十多歲時，有一次在百貨公司的化妝室洗手，聽到背後有人交頭接耳：

「你看，那個人的頭髮好漂亮。」

「真的欸！」

我回過頭，甩動亮麗長髮，自豪地走出化妝室。我好看的地方是「頭髮」，那些好看的地方是「臉」的人，一定也非常自豪吧。

還有母親的交友圈，既然是我的小孩，寫一下會更好。

「母親偶爾會邀朋友來家中串門子，但她更喜歡在外面喝茶聊天。和家人吃完晚餐後，她會說要出去一下，和朋友約在咖啡廳碰面。我問她平時都和朋友聊些什麼？她說不外乎美食和電影。」

「母親似乎沒有作家朋友。『我死了以後，如果有哪個作家好像很了解我似地亂寫一些東西，千萬不要相信他。』母親說這句話時，語氣冷冰冰的，大概是不希望外人用自己的主觀來評斷她吧。由此可見，我這樣寫出母親的事，她肯定很不愉快。」

19／活過的證明

我和母親一起去車站前的ＫＴＶ唱歌。

有時回鄉，我會和母親一起去唱ＫＴＶ。雖然只是便宜的ＫＴＶ包廂，但室內環境整潔，飲料無限暢飲，還能自帶外食進去。我把別人送的豆沙饅頭放進超市提袋，帶去當點心。然後，母女一起吃饅頭配咖啡，一邊交替拿起麥克風高歌。

我最近也開始迷上演歌和昭和民謠了。

在我演唱某首曲子時……

母親突然納悶地說：

「這種花不好聞呢。」

當時ＭＶ畫面正好播出花朵盛開的橘色原野，女子把鼻子湊近橘色花朵，露出「好香！」的陶醉表情。母親就是在這時插話「這種花不好聞呢」。

我呆握著麥克風，反問：

「咦？是嗎？」

「因為，這可是除蟲用的花呀。」

母親一本正經地為我解釋，害我不禁噴笑。母親見我大笑，也跟著笑出來。然後，母女倆一起捧腹大笑。

唱完歌後，我們繞去購物中心買晚餐要吃的配菜。

途中經過一家有賣菜苗的店。

「爸爸以前常來這裡買菜苗哦。」

回憶散落在街頭巷尾，無處不在。當我們在購物中心的食品賣場討論「要吃什麼？」、「買這個吧？」的同時，回憶也不斷湧出。

「爸爸最愛吃這裡的迴轉壽司了。」

「他也愛吃這家的肉包。」

如此這般，我們走走停停。

我常常因為食物，喚醒關於父親的回憶。

桌袱料理[12]也是其中一項。父親時常提起外派長崎時吃過的桌袱料

---

12 日本長崎特有的中西式折衷宴席料理，源自江戶時代住在長崎貿易的中國人和荷蘭人所吃的家鄉菜。使用中式紅色圓桌共食為其特徵。

理，我聽到耳朵都要長繭了。聽說那是長崎的鄉土料理，菜會一道一道上滿桌，每次他都說得洋洋得意。

「你們知道桌袱料理最先上的是哪一道菜嗎？」

父親會不時發問。

我知道，答案是清湯。他說過好多次，我都背下來了。不過，裝作不知道是我們家的潛規則。

「清湯！」

父親說得喜不自勝。

「桌袱料理最後一定會上某道菜，你們猜是什麼呢？」

父親又問。

我知道。白玉丸子紅豆湯。

「白玉丸子紅豆湯！」

父親洋洋自得，對於家人的不熱絡不以為意。過陣子等他忘記時（我是忘不了），又會搬出桌袱料理問答來考大家。

當然，購物中心的食品賣場不會賣桌袱料理，只是，每當我走過即溶清湯的食品架，就會驀然想起父親已經不在了。

故人生前談論的食物，為何帶給我如此大的感觸呢？

這表示他曾經活過。人活著總要吃東西。

這是他活過的證明。

我和母親盡情買了美味的食物，坐公車回家。公宅的腹地開滿了金盞花。沒錯，就是那個能驅蟲的花。

母親笑著要我聞，我蹲下去嗅了嗅。

「沒味道啊。」

「要聞葉子，它的葉子很臭。你聞聞看。」

我又聞了母親說的葉子，果真有一種獨特的味道。這種花很漂亮，也會供奉在佛壇。只是一想起那支ＭＶ，我和母親再度笑成一團。

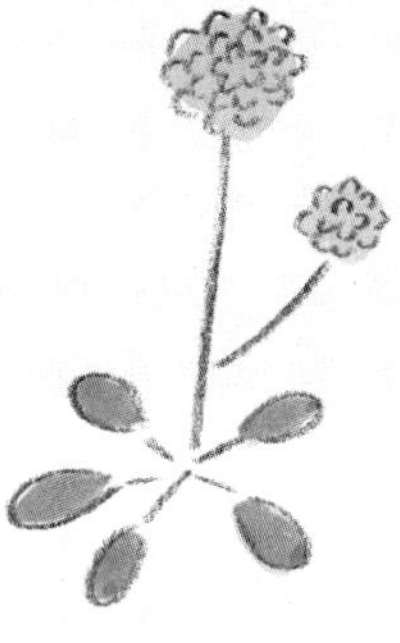

20／萬聖夜

那天晚上是萬聖節，我參加了與萬聖節無關的小型派對，並且算準時機、提前一步離開會場。

我想散散步、醒醒酒。離末班車還有一段時間，我決定走兩站去澀谷站搭電車回家。在東京的青山或表參道沿路都有櫥窗可逛，不用怕無聊，兩站的距離，一眨眼就到了。

越接近澀谷站，擦身而過的人裝扮越發怪異，殭屍、女巫、尋找威力、小紅帽。是萬聖節的變裝人潮。成群結隊上街遊行是沒什麼問題，但很多落單的人穿著變裝的衣服在等朋友，或是無所事事地走來走來。有人全身套著骷髏裝，只露出一雙眼睛。

澀谷的行人專用十字路口出現大批警力，替變裝遊行的人疏導交通。我明知來到澀谷會受到人潮推擠，還是刻意走到這裡。

我想看看年輕人熱鬧的模樣，想置身虛構之中、隨波漂流，在轉瞬之間逃避現實。

年輕人按其所好變裝打扮，聚集在秋日的夜空下，享受僅有一夜的喧囂。

盡情、痛快地享受當下。畢竟人生只有一回，對吧？

當時，我對於明天早晨即將接獲父親的死訊仍渾然不知，用明亮的心情穿越川流不息的十字路口。

我是直到快二十歲才聽說有萬聖節這種節日。當時我住在大阪，和朋友上街購物，在雜貨賣場拿到一張傳單，上面介紹了萬聖節活動，還說可以領到糖果。傳單上印著穿T恤的人，聽說看到他們時只要說：

「Trick-or-treating!」（不給糖就搗蛋。）

如此就能領到糖果。

「有免費的糖果可以拿！」

我在大阪車站周邊晃來晃去，尋找傳單上穿T恤的人。

「是不是他？」

「我們過去看看。」

我和朋友到處尋找類似人影，但走近一看都發現不是。原來T恤是那間雜貨賣場的「店員制服」，我們找錯方向了。

「說了一些奇怪的話，對那些路人真不好意思……」

我和朋友後知後覺地相視苦笑。

我們走回雜貨賣場，對裡面的店員小哥扭扭捏捏地說「Trick-or-treating」，工讀生店員也扭扭捏捏地發糖果給我們。在那個年代，萬聖節才剛開始盛行，對我們來說都很陌生。

聽說如今萬聖節創造的經濟效益，已超越了西洋情人節，新聞也會盛大報導奇裝異服上街遊行的年輕人。

我多少能懂變裝的樂趣。儘管不曾在萬聖節變裝打扮，我也有過不少變裝的經驗。

最簡單的變裝，不正是觀光區常見的臉部合照看板嗎？只要把臉對上看板，就能成為忍者或公主。

說到公主，我曾穿著寶塚歌劇的衣服拍過照。和友人去看寶塚劇場時，我們都會變身為異國公主。除此之外，也曾在京都化身為「舞妓」。

我在三十五歲左右參觀過愛知縣的犬山野外民族博物館。那裡展示了世界各地的民族資料，一如其名，是一棟非常巨大的野外博物館。在那裡可以試穿世界各地的民族服飾拍照留念，是兩個喜歡角色扮演（Cosplay）的朋友邀我一起去的。

在印度區，我試穿了印度獨特的民族服飾「紗麗」（Saree）。導覽員拿出一條布，一圈又一圈地纏繞在我們身上，不一會兒工夫，我們就換上了印度禮服。

我想起小時候，在常去的澡堂思考過一個問題。

如果澡堂現在發生火災，我要把浴巾「圍成洋裝」，逃到外面。

只要把浴巾的邊角在脖子後面打個結，就能遮住胸部——雖然小孩的胸部是平的，但還是多少該遮一下。另一條從腰間包住屁股打個結，「浴巾洋裝」就大工告成。隨後進入泡沫經濟時代，每當我看見站上舞台跳舞的女人，就會想起當年的「浴巾洋裝」，忍不住懷念。

除了印度的紗麗，我還在德國區換上白雪公主風格的禮服、在南韓區試穿了亮麗的傳統女服「赤古里」，並在南非區挑戰了恩德貝萊族的民族服飾。這種衣服會在肩膀披上又厚又大的毛毯，頭戴紅色帽子，穿起來挺可愛的，我們興奮地拍了許多照片。

人終其一生都無法成為別人。既然如此，利用短暫的變裝歡慶一場又有何妨？

日曆的數字像被風吹過一樣，一下子便翻過冬季、翻過春季、翻過夏季，轉眼又回到了秋季。街頭店面開始出現南瓜擺飾，又到了萬聖節的季節。

人們常用「內心開了一個洞」來比喻悵然若失，我也因為父親的死，心中開了一個洞。那並不是大洞，我自己就能輕鬆下去。因為探頭看漆黑一團，所以也不知究竟有多深。

剛開始的好一段時期，我光是站在洞口就會悲傷。那是回憶的洞穴。洞口四周圍起了柵欄，我爬不進去。

然而，隨著時間流逝，我開始越過柵欄，沿著洞穴中的樓梯爬下去。回憶一個接著一個湧現。一段一段地往下爬，懷念與後悔交相而至。我會趕在淚水奪眶而出之前，急忙爬上去。反覆多次之後，漸漸地越下越深，如今已能靜靜待在洞穴裡。

「我還是很氣爸爸當時那樣做！」

甚至可以生氣了。

今年的萬聖節，也能看到年輕人熱熱鬧鬧地變裝上街吧。

Trick-or-treating!

要是這樣惡作劇，父親肯定會青筋暴露、大發雷霆吧。

我會連他生氣的臉孔都一併懷念嗎？

不，我才氣呢！唯有這點，我堅持不懷念。

文字森林
READING FOREST
文字森林系列 025

永遠的外出

關於那些離開的摯愛之人與失去以後的生活

永遠のおでかけ

作　　者　益田米莉（益田ミリ）
譯　　者　韓宛庭
總 編 輯　何玉美
責任編輯　陳如翎
書籍設計　楊雅屏

出版發行　采實文化事業股份有限公司
行銷企劃　陳佩宜・黃于庭・蔡雨庭・陳豫萱・黃安汝
業務發行　張世明・林踏欣・林坤蓉・王貞玉・張惠屏
國際版權　王俐雯・林冠妤
印務採購　曾玉霞
會計行政　王雅蕙・李韶婉
法律顧問　第一國際法律事務所　余淑杏律師
電子信箱　acme@acmebook.com.tw
采實官網　www.acmebook.com.tw
采實臉書　www.facebook.com/acmebook01

I S B N　978-986-507-518-7
定　　價　320 元
初版一刷　2021 年 10 月
劃撥帳號　50148859
劃撥戶名　采實文化事業股份有限公司
104 台北市中山區南京東路二段 95 號 9 樓
電話：(02)2511-9798　傳真：(02)2571-3298

國家圖書館出版品預行編目資料

永遠的外出：關於那些離開的摯愛之人與失去以後的生活 / 益田米莉著；韓宛庭譯. -- 初版. -- 台北市：采實文化事業股份有限公司，2021.10
面；　公分. --（文字森林系列；25）
譯自：永遠のおでかけ

ISBN 978-986-507-518-7（平裝）

861.6　　110013619

廣　告　回　信
台北郵局登記證
台北廣字第03720號
免　貼　郵　票

采實文化 采實文化事業股份有限公司

104台北市中山區南京東路二段95號9樓

采實文化讀者服務部　收

讀者服務專線：02-2511-9798

永遠的外出

關於那些離開的摯愛之人
與失去以後的生活

文字森林系列專用回函

文字森林
READING FOREST

永遠的外出

讀者資料（本資料只供出版社內部建檔及寄送必要書訊使用）：

1. 姓名：
2. 性別：☐男 ☐女
3. 出生年月日：民國 年 月 日（年齡： 歲）
4. 教育程度：☐大學以上 ☐大學 ☐專科 ☐高中（職） ☐國中 ☐國小以下（含國小）
5. 聯絡地址：
6. 聯絡電話：
7. 電子郵件信箱：
8. 是否願意收到出版物相關資料：☐願意 ☐不願意

購書資訊：

1. 您在哪裡購買本書？☐金石堂（含金石堂網路書店） ☐誠品 ☐何嘉仁 ☐博客來
   ☐墊腳石 ☐其他：________________（請寫書店名稱）
2. 購買本書日期是？________年________月________日
3. 您從哪裡得到這本書的相關訊息？☐報紙廣告 ☐雜誌 ☐電視 ☐廣播 ☐親朋好友告知
   ☐逛書店看到 ☐別人送的 ☐網路上看到
4. 什麼原因讓你購買本書？☐對主題感興趣 ☐被書名吸引才買的 ☐封面吸引人
   ☐對書籍簡介有共鳴 ☐其他：________________（請寫原因）
5. 看過書以後，您覺得本書的內容：☐很好 ☐普通 ☐差強人意 ☐應再加強 ☐不夠充實
   ☐很差 ☐令人失望
6. 對這本書的整體包裝設計，您覺得：☐都很好 ☐封面吸引人，但內頁編排有待加強
   ☐封面不夠吸引人，內頁編排很棒 ☐封面和內頁編排都有待加強 ☐封面和內頁編排都很差

寫下您對本書及出版社的建議：

1. 您最喜歡本書中的哪一個部分？原因是？

____

____

2. 對「翻譯文學」或「生命議題」等相關主題，你還想知道的有哪些？

____

____

3. 未來，您希望我們出版哪一方面的書籍？

____

____